TRÉSOR DE L'OUVRIER.

TRÉSOR
DE L'OUVRIER

OU

NOUVELLES RECETTES

ANGLAISES.

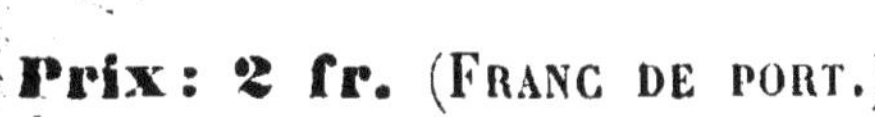

Prix : 2 fr. (Franc de port.)

PARIS,

DUPIN JEAN-JOSEPH,

RUE DE BEAUVAIS, 10, ÉDITEUR.

1859.

A MES LECTEURS

A l'époque où nous sommes arrivés, il n'est pas une idée qui ne trouve son défenseur; il n'est pas une fraction de la *science* qui n'ait son apôtre. Dans ce siècle béni entre tous de Dieu, tout sujet compte des hommes dévoués; toute matière a été exposée dans des centaines de volumes, par des savants spéciaux, qui ont consacré leur vie à la *science* avec la même gaîté de cœur que l'on donne toute sa vie à sa maîtresse; ainsi, il faut l'avouer, rien ne manque aux favoris de la *fortune*, à ceux qui peuvent payer l'érudition, à ceux qui ont le rare bonheur de pouvoir lui consacrer assez de temps.

Mais tous ces milliers de volumes ne peuvent être consultés que par une seule classe, la classe des riches; on n'a pas encore tenu assez de compte de la classe ouvrière; on n'a pas écrit assez de livres populaires; de ces livres qui, dans la lecture du soir, initient peu à peu l'ouvrier dans le sanctuaire de la *science;* de ces livres qui lui apprennent les choses les plus indispensables comme celles les plus en usage dans la vie.

On ne saurait trop encourager les écrivains travaillant pour cette dernière classe d'hommes qui, de nos jours surtout, commence à attirer l'admiration universelle; sur laquelle nos plus grands penseurs jettent avec complaisance un regard plein d'amour; car elles n'ignorent pas, ces âmes d'élite, que, en fait de désintéressement, *c'est tout comme en géologie, la chaleur est en bas; descendez, vous trouverez qu'elle augmente; aux couches inférieures, elle brûle*. Ce sont là les paroles du plus grand, sans contredit, des historiens de nos jours, le plus grand par le cœur comme par l'érudition.

Vulgariser la science est donc, à la fois, répondre aux besoins nouveaux de notre époque et accomplir une chose sainte entre toutes.

C'est dans ce but, guidé par cette haute pensée, que j'ai entrepris de jeter dans ce petit Recueil tout ce qu'il y a de plus important dans les divers corps de métier. J'ai tâché de réunir les matériaux épars dont l'utilité ne peut être contestée; ainsi, tout homme intelligent pourra réussir aisément dans les ouvrages communs. Le propriétaire même souvent n'aura pas besoin d'avoir recours à un ouvrier expert; il pourra se suffire à lui-même.

Maintenant quel que soit le sort de cet ouvrage, je ne veux point m'en inquiéter; je me suis mis à l'œuvre dans le but unique d'être utile; j'ai, selon mes facultés intellectuelles, essayé d'apporter un grain de sable à ce gigantesque monument qui élève notre siècle, et à la construction duquel nous devons tous concourir. C'est là notre devoir, si nous voulons entrer dans la cité sainte.

TRÉSOR
DE L'OUVRIER.

CHAPITRE 1er.

§ I. — ORIGINE, POIDS ET QUALITÉ DES DIVERSES ESPÈCES DE FERS.

Le fer, le plus dur, le plus élastique et le plus utile de tous les métaux, est tiré des mines dans un état imparfait. Avant de le livrer au commerce, on lui fait subir diverses modifications. Après quelques préparations, il est mis en fusion par l'action du feu dans des fourneaux, puis coulé en masses longues, ayant la forme d'un prisme triangulaire qu'on appelle *gueuse*. — Les nations les plus civilisées de l'Orient eurent les premières notions exactes sur le travail des mines de fer; nous connaissons, par Aristote et Diodore de Sicile, les procédés des Anciens sur la cémentation; ces notions, ces systèmes se sont perfectionnés au fur et à mesure que les moyens industriels des peuples acquirent plus de développements. Aussi pouvons-nous dire en toute assurance, avec *Bergélius*, que le degré de civilisation d'un peuple se connaît par ses progrès dans l'art de travailler le fer.

N'étaient les limites de ce petit recueil, l'histoire chimique de ce métal important trouverait ici naturellement sa place; nous dirons seulement que le fer se combine en proportions variables avec le carbone. Cette combinaison de fer et de carbone est d'une grande importance dans l'industrie et dans les arts: c'est la *fonte* et *l'acier*. Le fer est susceptible de se combiner avec la plupart des autres métalloïdes.

Quant à ce qui regarde la métallurgie du fer, je serai aussi laconique que possible.

Le fer s'obtient dans les usines sous trois états bien

distincts, d'où résulte une division naturelle en trois classes, savoir :

1° Le fer à l'état de métal qui ne peut ni se souder, ni se forger, et qui devient parfaitement liquide à une température élevée ; dans ce cas, il prend le nom de *fer cru* ou *fonte*.

2° A l'état de métal ductile, soudable, presque infusible, excepté à une température extrêmement élevée ; on l'appelle alors *fer forgé, fer ductile* ou *malléable* ou *fer pur*.

3° A l'état de métal dur, ductile, moins facile à souder que le précédent, et d'autant plus fusible que sa soudure devient difficile : c'est de l'*acier*.

POIDS DU FER.

Tous les fers, à volume égal, ne donnent point le même poids. Le fer de *gueuse* est plus léger que le fer forgé ; de ce fait on peut arriver à cette conséquence que le fer sera d'autant plus pesant qu'il aura été épuré de l'aitier, qu'on aura apporté de l'exactitude à le corroyer.

---

§ II. — DE LA QUALITÉ DU FER.

On tire du fer de toutes les parties de la terre, mais celui de la Suède passe pour être de la meilleure espèce. — Dans le commerce on cite le fer de Belfort, à l'usage des couteliers ; le fer de Pernes, le fer de Bezé, le fer de Beziol, etc. Le fer des mines de l'Ariège est un des meilleurs fers que l'on exploite en France.

Le fer a différents noms qui font connaître ses bonnes ou mauvaises qualités, ses façons, ses usages.

Le fer est *rouverain* quand on voit des gerçures de travers à une barre de fer ; qu'il n'est pas pliant sous le marteau ; qu'à la forge il jette une odeur de soufre, il est sujet aux pailles et aux grains ; c'est le défaut des fers d'Espagne. — Ces fers ne valent absolument rien pour la cémentation.

Le fer de *roche* est rangé parmi les fers *cassants à froid*. Il a le grain gros et brillant à la cassure; il est rude à la main, tendre au feu, se brûlant facilement. On ne peut le tourner ni le dresser à froid. — L'acier que l'on obtient de ce fer a les mêmes défauts que le fer lui-même. Pour aussi légèrement qu'on le frappe ou qu'on le fasse chauffer, il tombe en morceaux.

Les fers de l'Ariège sont rangés parmi les *fers doux*. Ces fers sont les seuls qu'on puisse avec avantage convertir en acier. Après avoir cassé une barre de fer, le dedans est noir et cendreux, il est malléable à froid, difficile à se casser, tendre à la lime.

Les fers doux et mous et doux et durs sont les seuls que l'on puisse, avec avantage, convertir en acier. Pour distinguer ces deux variétés de fer, on peut se servir de deux moyens : 1° à l'aide de la trempe dans l'eau froide; 2° à l'aide d'une goutte d'acide que l'on jette à la surface du fer.

Les fers *doux* chauffés au rouge-blanc et plongés dans une eau très froide, restent noirs. Les fers *durs*, au contraire, présentent un phénomène différent. Plongés dans l'eau après avoir été élevés à une température très élevée, il présentent une surface tachetée de marques grises et noires. Règle générale : plus le fer est dur et plus les taches blanches sont considérables.

Tout fer qui, à la casse, paraît noir et gris tirant sur le blanc, est excellent pour les gros ouvrages de bâtiment, ainsi que celui qui a le grain fin comme l'acier. Le fer au contraire qui, à la casse, paraît parsemé de gros grains et qui est clair comme l'étain, est de mauvaise qualité, *cassant à froid*, aisé à se rouiller et à se manger.

Tout ouvrier serrurier, forgeron, doit connaître la qualité du fer en le forgeant; s'il est doux sous le marteau, il sera cassant à froid; s'il est terne, il sera pliant à froid.

En terminant ce léger aperçu sur l'origine, poids et qualité des diverses espèces de fer, nous devons signaler à la reconnaissance de nos lecteurs les noms des hommes qui ont augmenté nos connaissances sur ce métal précieux. Depuis bien des siècles on connaissait les propriétés marquées des espèces de fers qu'on peut ranger en trois classes : 1° *fer dur et cassant;* 2° *fer malléable et mou;* 3° *fer malléable et élastique*, sans que l'on pût apprécier les causes de cette différence. Trois hommes à jamais immortels ont rempli cette immense lacune. En France, l'ingénieur Réaumur ; et Rinmann et Bergmann, en Suède.

De la fabrication de l'Acier de Forges, de l'acier de Cémentation, de l'Acier Fondu.

Avant de faire connaître ce que l'on entend par ces trois dénominations, nous allons rappeler les systèmes des Anciens dans la cémentation. Quatre systèmes ou opinions se présentent à notre esprit. Le système rapporté par Aristote, celui de Diodore de Sicile, celui de Bécher et celui de Vénaccio.

L'opinion émise pour la purification du fer par Aristote, consiste à se servir du feu ; Diodore, au contraire, emploie l'eau. Bécher ne diffère du sentiment de Diodore que par le fait d'élever le feu à un haut degré de température dans un foyer avant de faire suivre son extinction dans l'eau. Je vais citer textuellement ce procédé rapporté par Vénaccio dans la pyrotechnie. On verra jusqu'à quel point ce procédé a des rapports avec ceux mis en usage aujourd'hui dans nos usines. « On tient en fusion, dit Vénaccio, une certaine quantité de fonte; dans cette fonte en bain on plonge du fer forgé; on l'y laisse quelque temps ; quand on le retire, on le trouve *acier.* »

Aujourd'hui, on l'obtient par plusieurs procédés, procédés que nous pouvons diviser en trois classes : 1° L'acier obtenu avec de la fonte, 2° avec le fer forgé, 3° enfin l'acier obtenu avec des minerais.

Des systèmes employés pour convertir les diverses qualités de Fer en Acier.

Dans tous les états possibles où peut se trouver le fer, ce

métal contient une grande quantité de carbone différent, qui occasionnent la diversité de ses propriétés ; la fonte en contient plus que l'acier, et celui-ci plus que le fer ductile ; il en est résulté qu'il est facile de convertir un de ces produits en un des deux autres, ou même d'obtenir directement de toute espèce de minerais, en les traitant convenablement, soit de la fonte, soit du fer, soit de l'acier.

Le choix des fers pour la cémentation est très rigoureux. Je ne parlerai pas ici des fers qu'il serait convenable de transformer en acier (voyez les pages 11, 12, et 13.) Il convient de choisir des fers sans pailles et sans gerçures.

Toutes les expériences faites par les chimistes ont prouvé que l'acier n'est absolument autre chose qu'une combinaison très intime de fer et de carbone ; ainsi le charbon est essentiel, indispensable dans la composition des diverses matières qu'on emploie à la cémentation du fer. Les matières qui favorisent la pénétration du carbone dans le fer sont en grand nombre ; les principales sont le charbon de bois pilé ; en général, les cendres mélangées avec diverses matières animales, végétales et salines, par exemple : la fiente de bœuf, la corne, le crottin de cheval, de pigeons, de poules, la savate, l'huile, l'ail, etc.

On doit employer la suie avec de grands ménagements. Le procédé avec lequel on acière avec du charbon de bois seul est celui qui est couronné des plus beaux succès.

Maintenant, quels sont les systèmes à employer pour la transformation du fer en acier ? de l'acier obtenu avec du *fer forgé?*

Trempe en paquet.

Cette trempe se fait de plusieurs manières ; je décrirai celle qui est le plus en usage dans les meilleurs ateliers.

On fait détremper par l'urine ou le vinaigre un mélange de charbon de savates, de suie produite par la combustion du charbon de bois, jusqu'à ce que ces objets forment une pâte assez épaisse dont on enveloppe les pièces que l'on veut tremper ; le tout est enfermé dans une boîte en tôle élevée dans un fourneau ou à la forge à une température assez élevée ; on doit chauffer avec du charbon de bois ; les pièces sont tenues rouges pendant deux heures, après quoi on tire les pièces et on les plonge dans l'eau très froide et très pure. Un peu de suif ou d'huile jeté dans l'eau, de manière à ce qu'elle forme une certaine couche, conserve la forme des pièces ; elles sont douées en outre d'une certaine douceur à la trempe ; elles se cassent aussi moins facilement au contact de l'eau.

Toutes les qualités d'acier ne demandent pas une chaleur égale ; il est donc nécessaire de connaître sa qualité.

La couleur du rouge terne est celle à laquelle on doit élever l'acier anglais et l'acier fondu ; l'acier corroyé, ainsi que celui d'Allemagne, peuvent dépasser la couleur cerise, que ne peut, par exemple, dépasser l'acier cémenté, sans crainte pour son altération.

Un recuit est nécessaire pour les pièces destinées à travailler les métaux. Après avoir blanchi ces pièces, on leur donne un recuit paille.

Les pièces destinées à faire des instruments pour bois et étoffes doivent avoir un recuit couleur violette ou bleue.

Le procédé dont se servent certains ouvriers et qui consiste à passer sur une savate frottée d'ail ou de sel les pièces d'acier, ne sert à donner à cet acier que la couleur blanc-mat. Ce procédé n'ajoute rien à la dureté de la trempe.

On n'a pas besoin de donner un recuit à certaines grosses pièces d'acier pur ou fer aciéré.

Trempe à la minute.

Pilez du prussiate de potasse, chauffez un peu votre fer, jetez un peu de cette poudre sur votre pièce, faites réchauffer et plongez ensuite votre fer dans l'eau : c'est ce que l'on appelle *Trempe à la minute*. Si vous voulez avoir votre trempe plus dure, répétez cette première opération. Cette trempe, joignant l'utilité à l'économie, est excellente pour poinçons, haches, emporte-pièces.

Acier obtenu avec du Fer mou ou Fer forgé.

La trempe en paquet est un procédé qui n'est bon que pour les objets auxquels on ne veut donner de la dureté qu'à la surface. On place dans une caisse en tôle, fonte ou même de terre, les objets que l'on veut aciérer ; après les avoir entourés de matières diverses dans lesquelles il entre du carbone, on soumet ces objets à une température très élevée, pendant le temps que l'on juge nécessaire ; ce temps écoulé, on jette dans l'eau les objets que l'on a retirés du feu. La dureté des morceaux de fer dépend de la froideur plus ou moins grande de l'eau où on les a plongés.

§ III. — PROCÉDÉS RELATIFS AUX ÉTATS DE FORGES.

Pour adoucir tous les Aciers et les Fers.

On les place dans une boîte en fer, entre deux couches d'une composition de charbon de bois, des limailles de fer, et de cendres que l'on mêle et pile en parties égales. Cette boîte reste une heure au feu; après quoi, on la laisse refroidir naturellement.

Nouveau procédé de rendre le Fer dur comme l'Acier, en le trempant seulement dans l'eau.

Quand le fer est rouge, on le passe au tampon avec le mélange suivant : 1 once de prussiate de potasse, 9 grammes ou 16 grains de sel ammoniac et 16 grammes d'os brûlé blanc; le tout est broyé séparément avant de le mêler. On le remet au feu et on le jette dans l'eau fraîche : pour rendre le fer plus dur, on répète cette opération plusieurs fois.

Trempe des burins très durs pour tourner l'Acier fondu.

On trempe l'acier couleur rouge-cerise dans du vif-argent, sans recuit. On ne doit point tremper ainsi les outils sur lesquels on frappe.

Pour souder le Fer et l'Acier fondu, et vice-versâ, *ou à un autre Acier.*

Vous faites chauffer, pendant 15 ou 20 minutes, de 50 à 55 gouttes d'esprit de vin, 19 grains de sel ammoniac, 94 grammes borax. Le tout est placé dans un creuset en grès. Lorsque le tout est bien en fusion, vous coulez la matière sur une feuille de tôle; quand vous l'avez versée, vous la changez de place jusqu'à ce que le froid la laisse en petits morceaux que vous employez aussitôt et de la manière suivante : vous enlevez avec la lime la crasse en dedans et sur les deux côtés des morceaux de l'acier fondu; vous étendez un morceau de la composition sur les parties à souder que vous rabattez bien tout autour; vous mettez votre acier au feu et vous lui donnez la couleur rouge-cerise; vous enlevez votre pièce du feu et vous frappez les premiers coups de marteau avec précipitation sur l'amorce : la pièce alors est soudée et très solide.

Deuxième Procédé.

Ce deuxième procédé consiste à couvrir de chaux vive réduite en poudre l'acier que vous avez fait rougir. Quand les amorces sont faites et que vous frappez sur votre enclume également couverte de chaux, un ouvrier jette de la même composition sur les parties à souder. Tant que votre pièce est chaude vous y en faites jeter dessus.

Pour ôter les grains de la Fonte.

Quand vous avez chauffé votre fonte plus que rouge, vous l'enveloppez d'une pâte que vous avez fait avec de la craie broyée avec de l'eau, et vous la laissez refroidir ; après quoi, vous pilez de l'ail dont vous couvrez votre pièce, et vous lui donnez une trempe chauffée avec du charbon de bois. Cette pièce doit se refroidir d'une manière naturelle dans la forge.

Autre procédé pour ôter les grains de la Fonte.

Ce procédé, beaucoup plus long et plus cher que le premier, est aussi plus sûr. Il faut coucher votre fonte dans une caisse en fer, de la même dimension que votre pièce, sur une couche de chaux, mêlée d'oxide de fer et de charbon de bois pilé. On met entre les pièces que l'on couvre une couche de cette même composition. Après avoir fermé avec beaucoup de soin votre boîte, vous l'exposez à un grand feu de forge pendant cinq ou six heures.

Soudure pour le plus mauvais Fer.

On se sert de la composition dont j'ai parlé, pour souder l'acier fondu, et on en fait la même application. Soudé ainsi, on ne doit avoir aucune crainte sur sa solidité. Il ne se cassera pas.

Trempe de Pièces sans qu'elles se déjettent.

La trempe de ces pièces se fait dans l'eau tiède; on les fixe, et après avoir passé de l'huile sur toute leur longueur, on les fait rougir et on les plonge horizontalement dans l'eau.

Mordant pour graver sur l'Acier.

Après avoir lavé votre pièce avec de l'alcool, une partie; et de l'eau, 4 parties; d'acide pyroligneux, le plus fort, 4 parties, vous mêlez le tout ensemble, dans lequel vous ajoutez de l'acide nitrique (une partie). Si vous voulez rendre nulle l'action de ce mordant, vous y mettez de l'huile de térébenthine.

Pour enlever la rouille du Fer.

Frotter le métal avec un chiffon imbibé d'huile de tartre.

Enlever les grains de la Fonte, la percer avec le foret.

On met, sur les grains de la fonte que l'on a fait rougir, de la cassonnade. Cette opération répétée plusieurs fois est couronnée de succès.

Vernis pour bronzer le Fer.

Ce procédé consiste à passer sur le fer ou le bronze un liquide composé d'un litre d'esprit de vin, de 30 à 35 degrés, dans lequel on fait dissoudre 500 grammes de plomb en poudre et autant d'orpin. Quand la couche que l'on y a passée est sèche, on vernit.

Moyen pour faire un vernis mutatif, doré et très solide pour tous les Métaux.

35 grammes de succin; sang dragon et safran, de chacun 1 gramme; une livre 6 onces d'esprit de vin. On expose ce liquide au soleil pendant un certain temps, dix jours, par exemple, pendant lesquels on le remue vingt ou trente fois. On doit fermer la bouteille d'un parchemin percé de plusieurs petits trous. On vernit la pièce au pinceau, après l'avoir fait chauffer. Avant de se servir de ce vernis qu'on peut laver avec de l'eau tiède sans le ternir, on doit l'avoir passé de manière qu'il soit très clair, très limpide.

Gravures sur tous les Métaux.

Après avoir fait calciner au feu, dans un creuset, les substances suivantes : alun de roche (demi-livre); vitriol bleu en pierre (demi-livre), on enduit de cire blanche la partie du métal sur laquelle vous voulez graver ; vous mouillez cette même partie avec un vinaigre très fort, et vous jetez de la substance composée d'alun de roche et de vitriol bleu en pierre. Pour rendre la gravure plus profondément incrustée, vous changez la poudre et vous versez d'autre vinaigre.

Pour faire de l'Acier de Poule.

Après avoir fait une caisse en fer, vous placez au-dessous et au-dessus de votre pièce une couche de 7 à 8 lignes d'épaisseur d'os calciné ; vous y ajoutez un tiers à peu près de prussiate de potasse, que vous mettez en poudre et mêlez. Cette opération faite, vous fermez votre caisse, que vous faites chauffer de 12 à 15 heures.

Pour donner un beau vernis aux Poêles de fer et aux Tuyaux.

Vous délayez avec du vinaigre 6 onces de mine de plomb en poudre. Après avoir nettoyé vos pièces, vous y passez ce liquide, tout le poêle que vous frottez aussi avec de la mine de plomb sèche. Frottés ainsi quelques instants, les objets acquièrent un lustre éclatant. Ce procédé ne doit être employé que sur les tuyaux où il n'y a point du cuivre. Pour conserver l'éclat obtenu, il faut faire la même opération tous les mois au moins une fois.

Moyen de bronzer le Cuivre.

La matière que nous allons décrire s'applique sur la pièce au moyen d'une brosse qu'il faut tenir toujours humide. Le bronze bien appliqué partout, vous passez la pièce dans l'eau froide et ensuite vous la faites sécher. Si la couleur était trop vive, on pourrait la foncer avec 9 ou 10 grammes de noir de fumée dans un verre d'esprit de vin. — Composition du liquide : vert minéral (16 grammes) ; graines d'Avignon (62 grammes) ; vinaigre fort (un litre) ; terre d'ombre (16 grammes) ; sel ammoniac (32 grammes) ; sulfate de fer (16 grammes).

On doit faire fondre les sels et les gommes dans une partie de vinaigre, et le tout est mêlé dans un vase. A cette composition on ajoute, avoine verte (3 onces). On fait bouillir le tout un petit quart d'heure, et puis on le passe dans un filtre au papier gris *sans colle*. Pour faire un bronze plus léger, on prend un litre de vinaigre fort, 30 grammes de sel ammoniac, 8 grammes d'arsenic. On se sert de ce vernis comme pour le premier. On peut encore faire un plus léger bronze en mettant dissoudre du sel ammoniac dans le vinaigre. On s'en sert encore comme je l'ai dit plus haut.

Pour bien amollir l'Acier et le Fer.

On met une couche d'une certaine épaisseur d'un onguent fait avec des gousses d'ail bouillies dans de l'huile sur les pièces que l'on veut amollir. Cette pièce est élevée à une température assez élevée. Le feu doit être fait avec du charbon de bois. On laisse éteindre la pièce dans la forge.

Procédé de changer le Fer en Cuivre.

Le fer que l'on veut changer en cuivre doit être placé sur une couche de vitriol. Cette couche doit être souvent arrosée avec du vinaigre le plus fort possible, imprégné de salpêtre, de sel alcali et de tartre avec du vert-de-gris.

Blanchir le Cuivre et le Fer par l'Etain.

L'objet à blanchir doit être frotté avec un tampon, après qu'on y a jeté une poudre composée de trois parties de sel, d'une partie et demie de tartre blanc, et de trois parties d'alun. On plonge ensuite dans l'étain chaud les pièces à blanchir.

Composition excellente pour les Frottements.

1 once de polée d'étain, 1/2 livre de plombagine tamisée bien fine, 1 livre de graisse. Il faut bien mêler le tout ensemble.

Pour donner au Cuivre une belle couleur d'or.

Dans quelques litres d'eau que l'on fait bouillir on jette, safran du Gâtinais (25 grains); sang de dragon (2 gros); une pincée d'ocre jaune, de rocou (1/2 once); curcuma (1 gramme 10 cent.); on jette ces drogues dans l'eau lorsqu'elle est prête à bouillir, et cette eau doit être mise quelques instants en ébullition; on déroche alors le cuivre dans une partie d'eau bouillante et six d'eau commune, et on le jette dans le vase. A peine le cuivre a-t-il bouilli un instant, qu'il est assez en couleur pour supporter la pierre à brunir; on le passe alors dans l'eau ordinaire, où l'on fait fondre quelque peu de sel de ménage et un peu d'eau forte.

Vernis pour le Fer poli.

La bouteille dans laquelle on disperse le liquide suivant doit être chauffée au bain-marie. Le parchemin qui bouche l'entrée est percé de petits trous. Quand ce liquide est froid, on le verse dans une autre bouteille dont on ferme hermétiquement l'entrée. Composition : sandaraque (2 onces) ; camphre (2 onces); mastic en larmes (1 once 1|2); galipot d'Amérique (2 onces); le tout est jeté dans 1 ou 1 1|2 litre d'esprit de vin. On doit attendre sa dissolution.

Scier promptement la Fonte.

Il n'y a qu'à mettre la fonte couleur au blanc, et avec une scie à bois on peut aisément la scier.

Eau pour nettoyer à la minute l'Or, l'Argent, le Cuivre.

Passez de la composition suivante sur la pièce à nettoyer : acide sulfurique 1 once); le jus d'un citron; acide acétique (1 once); acide de sucre (demi once); deux ou trois pincées de tripoli ; il faut jeter le tout dans 2 litres d'eau.

Pour souder fortement le Cuivre jaune et rouge.

Dans un creuset de zinc (1 partie) ; de cuivre jaune (9 parties); le zinc ne doit être jeté dans le creuset que lorsque le cuivre est fondu ; 2 ou 3 minutes après que le tout est en fusion, on le jette sur une espèce de passoir. On doit avoir soin de laver la soudure.

Pour conserver l'éclat des Armes.

Détrempez de la poudre d'alun de roche avec du vinaigre, et essuyez légèrement après l'avoir frotté avec un tampon de laine.

Pour faire le Melchior argental.

Pour que ce métal imite l'argent, il faut placer dans un

creuset les drogues suivantes : zinc (18 parties) ; fer (4 parties); étain (3 parties ; cuivre (56 parties); nickel (14 parties).

Moyen d'adoucir toutes sortes de métaux en les fondant.

On doit bien prendre garde de respirer la fumée du liquide suivant quand il est en ébullition. Elle est nuisible à la santé. En quantités égales : sel ammoniac, euphorbe, mercure sublimé, borax. Après les avoir tamisées, on les jette dans le creuset.

Pour empêcher le fer de se rouiller, on passe de la cire sur le métal après l'avoir fait chauffer assez pour que la cire puisse pénétrer.

Trempe pour les Outils des Marbriers.

Après les avoir forgés dans la forme voulue, on les fait rougir et on les plonge dans du vinaigre où l'on a mis de l'ail, de la suie. Avant de les tremper, on doit passer du suif sur l'acier.

Pour donner au Fer l'éclat de l'Argent.

On place près de soi de l'eau où l'on a jeté du sel ammoniac en poudre, une égale quantité de chaux vive. Les pièces limées et chauffées à la couleur rouge-cerise, on les plonge aussitôt dans cette eau qu'on a laissé bouillir 7 ou 8 minutes.

Soudure tendre pour le Cuivre rouge et jaune.

Quand une partie d'étain, six parties de cuivre en laiton, que l'on a placées dans un creuset, sont fondues, on y ajoute une partie d'étain.

Pour empêcher le Fer de se rouiller, sans Vernis.

On saupoudre les pièces avec de la chaux vive pulvérisée, et on les enveloppe.

Mastic pour nettoyer le Fer et l'Acier.

On délaie dans de l'eau une terre grasse à laquelle on

mêle un peu de brique pilée, de pierre ponce pulvérisée; on y jette du lait ou bien une douzaine de blancs d'œufs. On laisse sécher le tout après l'avoir divisé en petites savonnettes avec lesquelles on frotte les deux métaux, ainsi qu'avec de la cendre ou du tripoli.

Recette pour parvenir à dorer le Cuivre et le Zinc.

On donne la couleur d'or au cuivre, en faisant bouillir ce métal dans un liquide composé de mercure (12 parties); zinc (2 parties); tartre cru; le tout est jeté dans l'acide muriatique, après avoir décapé minutieusement avec de l'acide nitrique étendu d'eau la surface du cuivre. On obtient ainsi un très bon résultat.

---

§ IV. — QUELQUES MOTS SUR LA FERRURE ET SUR LA SERRURERIE.

Je n'entreprendrai pas de donner ici les prix courants des divers ouvrages relatifs à l'état de serrurier, et on en devine facilement les motifs : chaque maison, chaque atelier a des prix différents.

Les principaux ouvrages de ferrure que l'on emploie dans les bâtiments sont : le gros fer, la ferrure des portes et des croisées, les rampes et autres ouvrages de fer travaillé qui ne sont point compris dans les gros fers.

Presque tous les ouvrages de gros fer sont comptés à la livre, comme les grilles et les portes de fer; mais quand ils sont ouvragés on en fait un prix à part.

Les rampes d'escaliers et les balcons sont comptés à la toise courante sur la hauteur de l'appui : les prix en sont différents, selon les différents dessins que l'on choisit. Mais il faut prendre garde que les plus chargés d'ouvrages ne sont pas toujours les plus beaux, à cause de leur confusion. Un dessin dont l'ordonnance est sans confusion, c'est-à-dire d'une belle simplicité, est plus agréable et l'ouvrage en coûte moins cher; il faut, pour le choix de ces dessins, une personne plus habile qu'un ouvrier ordinaire : pour le mieux, ils doivent être faits par un sculpteur ornemaniste.

Quant aux prix des ouvrages de ferrure, on les fait à la pièce, comme d'une serrure, d'une fiche, d'une tarjette, etc., ou bien d'une croisée et d'une porte entière, et ainsi de chaque nature d'ouvrages en particulier.

Tous les ouvrages en grosse fonte sont fournis par les marchands quincailliers et se vendent tant la livre.

Quant aux prix de cette marchandise, ils varient comme les autres. Il est de toute impossibilité d'avoir des données assez sûres pour ne point induire en erreur.

Avant de faire connaître les procédés pour teindre et colorer les bois, je veux dire quelques mots sur la vitrerie.

CHAPITRE II.

§ I. — DE LA VITRERIE.

Origine, composition, variétés diverses du Verre.

L'origine du verre se perd dans la nuit des temps. Les Phocéens, par lesquels Marseille a été fondée, en ont conservé longtemps le monopole. Cet art fut transporté en Europe par les Croisades; il fut introduit en France, sous le règne de Louis XIV, par son ministre Colbert. A cette époque, les Vénitiens exploitaient à peu près seuls ce genre d'industrie.

Composition. — Quelles que soient les différentes espèces de verre, c'est toujours un mélange de sels ayant pour radical le même acide, qui est la silice employée à l'état de sable plus ou moins pur. Pour rendre le verre propre au commerce, il y a, outre la façon, trois opérations à leur faire subir : 1° la fritte; 2° la fusion ; 3° le recuit.

Variétés. — On en distingue trois espèces : le verre à bouteilles de couleur noirâtre, le verre à vitres ordinaire qui approche plus ou moins de la couleur verte, et le verre à vitres de première qualité qui doit être parfaitement blanc. Le verre de rebut est celui qui est au centre des écuelles qu'on appelle *Boulines*. Les vitriers appellent cassilleux tout verre qui se casse par morceaux en y appliquant le diamant ; ce défaut provient de ce qu'il n'est point assez recuit.

Peinture d'impression ou Barbouillage.

Cet art étant un des plus usités, j'en parlerai plus longuement que je n'ai fait de ceux que j'ai traités jusqu'à présent. La peinture d'*impression* ou *barbouillage* est celle qui consiste à recouvrir des murs intérieurs ou extérieurs de certaines couches de couleur la plus appropriée au goût des propriétaires.

Trois espèces de matériaux pour ce genre de peinture : 1° les matières colorantes ; 2° les liquides ; 3° les autres matières nécessaires pour le perfectionnement.

Il y a deux sortes de peintures : la *détrempe* et la peinture à l'*huile*.

La peinture à la détrempe se fait avec de la colle forte, et plus communément avec de la colle faite de rognures de gants ou de parchemin bouilli, ou bien avec de la colle appelée communément de *tanneur*. Cette peinture n'est bonne que pour l'intérieur ; elle ne résiste pas au mauvais temps et ne peut supporter de vernis. La peinture à l'huile est la plus solide ; elle est d'un excellent usage en ce que, de quelque couleur qu'elle soit, elle contribue beaucoup à la conservation des bois.

---

§ II. — PRÉPARATION ET MÉLANGE DES COULEURS.

La première chose et la plus essentielle à observer est un parfait broiement. Ce broiement se fait sur une plaque de marbre, et l'instrument avec lequel se broie la couleur s'appelle *mollette*.

Quand les couleurs sont biens broyées, on les met dans un pot. On ne doit mettre les siccatifs que lorsqu'on veut employer la couleur ; pour éviter les dépôts, on la remue très souvent avec un pinceau. Pour étendre la couleur, on doit tenir le pinceau ou la brosse très droits, coucher uniment. Lorsqu'il y a des moulures, on doit les passer avec un petit pinceau et avoir soin de ne pas les empâter de couleurs. Les couches doivent être passées le plus sèches possible. On doit avoir soin de ne pas en donner une seconde que la première ne soit très sèche.

Avant de peindre, il faut abreuver le sujet, y étendre une couche d'encollage pour la peinture à la colle, et une couche de blanc de céruse broyé et détrempé à l'huile. Lorsqu'on trouve des nœuds, qui, dans la plupart des bois, surtout le sapin, ne reçoivent que mal la couleur, il faut, si l'on peint à la colle, les frotter d'ail, et, si l'on peint à l'huile, y mettre pour première couche d'impression de l'huile grasse. Si l'on peint sur des murs enduits de plâtre, il faut attendre que le plâtre soit très sec. Le plâtre de Paris est le meilleur et le plus blanc. A propos de plâtre, je dois faire connaître à quelle propriété on pourra reconnaître sa bonté. Après avoir délayé un peu de plâtre dans un peu d'eau, si au bout de deux ou trois minutes le plâtre résiste sous la pression, le plâtre est bon, c'est ce que l'on appelle du plâtre frais; si, au contraire, il ne résiste pas sous cette pression, il n'est pas solide, il est éventé.

Mais revenons à la peinture. Après avoir donc frotté d'ail le bois, ou bien passé la couche d'impression à l'huile grasse, le meuble est préparé à recevoir la couleur.

Il est rare que telle substance colorante donne les tons que vous désirez; on ne peut les obtenir que par certains mélanges que je vais faire connaître. Les ouvriers commençants ou bien les personnes qui, quelquefois par délassement, désirent peindre elles-mêmes tel meuble, trouveront dans ce tableau de quoi suppléer à leur inexpérience. Avant de mettre sous leurs yeux ce tableau que je pourrais appeler synoptique, je vais auparavant expliquer ce que l'on entend par vernis, mot dont je me suis servi dans cet aperçu.

Le vernis est fait avec de l'esprit de vin, de la gomme copale, de la sandaraque et autres ingrédients. Il y en de gras et de blanc. Le vernis sec est le meilleur pour les bâtiments. Le vernis est une liqueur sans couleur ni épaisseur; il ranime les couleurs en leur donnant un luisant de glace. Une couche ou deux de vernis suffit pour les couleurs à l'huile; il en faut deux ou trois sur les couleurs à la détrempe.

TABLEAU SYNOPTIQUE

Des nuances de certaines couleurs employées le plus souvent.

VERTS	*d'eau* : Blanc de céruse et de montagne. *de treillage* : 2 tiers de céruse, 1 tiers vert-de-gris sec. *de mer* : Blanc, bleu de Prusse, stil-de-grain de Troyes. *pomme* : Bleu, vert-de-gris et jaune de Naples. *d'appartement* : Par divers mélanges de bleu et de jaune; mais il se compose communément de deux onces stil-de-grain, demi-once bleu pour une livre de blanc.
COULEURS DE BOIS	*acajou* : Blanc, laque carminée et une pointe ocre de rue. *chêne* : 3 quarts blanc, 1 quart ocre de rue, ocre jaune et terre d'ombre. *noyer* : Blanc, ocre de rue, ocre jaune et terre d'ombre.
BLEUS	*tendre* : *céleste* : *de roi* : *turquin* : Toutes ces nuances de bleu s'obtiennent avec du bleu de Prusse et du blanc de céruse, il ne s'agit que de les combiner entre eux dans diverses proportions.
JAUNES	*chamois* : Blanc, un peu d'ocre, très peu de vermillon et beaucoup de jaune de Naples. *jonquille* : Stil-de-grain de Troyes, blanc. *citron* : Stil-de-grain de Troyes, très peu d'orpin, jaune, blanc. *aurore* : Blanc, très peu d'orpin rouge, stil-de-grain de Troyes. *or* : Blanc, ocre jaune, peu d'orpin rouge; jaune de Naples.
GRIS	*argentin* : Blanc, peu de bleu de Prusse, noir de vigne. *perlé* : Même mélange. *commun* : Blanc et noir de vigne. *de lin* : Blanc, peu de bleu de Prusse, laque.
ROUGES	*brique* : Du brun-rouge et préférablement du rouge de Prusse. *rose* : Blanc, très peu vermillon, peu carmin. *cramoisi* : Laque carminée, très peu blanc. *lilas* : 1 quart cendre bleue, 1 quart blanc, bleu de Prusse et blanc, moitié laque ordinaire ou laque rose.

BRUNS	*marron* : Ocre de rue, noir d'ivoire, brun-rouge d'Angleterre. *olive* : Ocre jaune, peu de vert-de-gris et de noir.
COULEURS DE PIERRE	*badigeon* : Couleur que l'on donne aux enduits extérieurs et crépis. Blanc et un peu de noir pour imiter la pierre grise, blanc et un peu d'ocre jaune pour imiter la pierre jaunâtre. *briques* : Ocre rouge. *ardoise* : Noir, blanc et très peu de bleu ordinaire.

§ III. — QUELQUES MOTS SUR LES COULEURS DES ANCIENS.

Un grand nombre de couleurs que je ne veux point énumérer sont rendues inaltérables par le procédé suivant : Fixer les oxides métalliques tant au moyen de l'alumine et de l'acide phosphorique que par les phosphates alcalins et terreux quelquefois indispensables. Cette méthode est due à M. de La Boulaye-Marillac.

Si quelque lecteur voulait connaître les couleurs employées par les Anciens, il n'aurait qu'à lire le compte-rendu à l'Académie des sciences par Chaptal, académicien des sciences de l'Institut de France, et par sir Humphry-Davy, membre de la société royale de Londres. Je recommanderai surtout le rapport fait par le premier, sur des couleurs trouvées sous les cendres de Pompéï, dans l'atelier d'un peintre. Si l'on voulait pousser ces recherches plus loin et connaître comment les Egyptiens employaient les couleurs, les vernis et les émaux, on pourrait lire la dissertation de M. Mérimé, secrétaire perpétuel de l'Académie royale des Beaux-Arts, ayant pour titre : *Dissertation sur l'emploi des Couleurs, Vernis et Emaux, dans l'ancienne Egypte.* Je recommanderai également cette analyse de M. Vauquelin sur une couleur bleue trouvée par le même auteur dans un tableau égyptien. Avant d'aller plus loin, je ne puis résister au plaisir d'accorder une place dans ce petit recueil à la description d'une couleur qui, par sa beauté éclatante, a attiré l'attention marquée des Téophrastes, des Vitruve, des Pline; je veux parler de la pourpre. C'était la couleur des dieux du premier ordre du Paganisme. Dans la Grèce, à Rome, les archontes, les dictateurs, les consuls, les sénateurs, les chevaliers et les triomphateurs avaient seuls le droit de porter, dans l'exercice de leurs hautes fonctions, des habits teints de cette couleur royale.

Son origine date des temps les plus reculés. Elle fut trouvée aux environs d'une ville la reine des nations par son commerce, elle fut trouvée aux environs de Tyr, dont la chute a été prédite en termes si poétiques par le plus grand de nos prophètes, par Isaïe, comme si la ruine de la maîtresse des nations ne put être annoncée au monde entier que par un organe digne d'elle, le roi des prophètes.

Si l'on en croit l'histoire, sa découverte n'a été due qu'au hasard. Un chien, courant sur les bords de la mer, brisa un coquillage appelé univalve *(murex)*, sa mâchoire fut aussitôt colorée du rouge le plus éclatant.

C'était la pourpre la plus belle, suivant le plus célèbre naturaliste ancien, celui dont l'amour pour la science lui fit trouver la mort aux environs du Vésuve, où il fut enseveli sous une éruption volcanique. On a déjà deviné le nom de cet homme immortel, Pline le Jeune ! La terre dont il avait dévoilé de si nombreux secrets n'a pas permis que ses cendres pussent être trouvées et livrées ainsi à l'admiration religieuse des siècles à venir.

En 1683, un homme dont la vie se passait en Irlande à marquer du linge, trouva sur les côtes de Galles et de Sommerseishire des buccins en grande quantité dont une liqueur visqueuse qui s'échappait d'une des veines de la tête de cet animal passait, après avoir subi diverses modifications de couleurs, à un rouge pourpre. Plus tard, en 1799, M. Jussieu, sur les côtes occidentales de France, M. Réaumur, en 1780, sur les côtes du Pérou, trouvèrent un petit buccin, jouissant des mêmes propriétés; en 1736, ce dernier, trouva, sur les côtes méridionales, la *purpura*, seule espèce de *murex* qui soit connu de nos jours.

---

§ IV. — PEINTURE AU LAIT.

Je termine ce chapitre en donnant ici le nom des matières qui entrent dans la composition d'un genre de peinture remplaçant avec avantage la peinture à la détrempe. Ce genre de peinture découvert, en 1801, par M. Cadet de Vaux, et perfectionné par M. Watin, est connu sous le nom de *peinture au lait.* Tout lait caillé ou tourné est bon pour cet usage, mais il faut bien se garder de se servir du lait aigre. La préparation diffère seulement de celle des peintures ordinaires.

Six onces de chaux éteinte, quatre onces d'huile commune, deux pintes ou litres de lait écrémé, cinq livres de blanc d'Espagne. Telles sont les matières diverses de cette peinture. Voici la manière de les préparer : La chaux est placée dans un vase de grès sur laquelle on jette une portion de lait suffisante pour en faire une bouillie assez claire; dans cette bouillie que l'on remue peu à peu on ajoute de l'huile, après quoi on verse ce qui reste de lait et on délaie le tout avec le blanc d'Espagne.

Cette préparation n'est bonne que lorsqu'elle doit servir pour l'intérieur des appartements; si on devait s'en servir pour l'extérieur, on devrait faire le mélange suivant: huile, six onces, deux onces, poix de Bourgogne, que vous aurez soin de faire fondre à une chaleur douce, avant de la mêler à la chaux; deux livres de chaux pour deux pintes de lait.

Dans toute peinture, l'eau dont on se sert doit être de rivière, ou bien de fontaine, les eaux de puits se décomposant. Par cette décomposition et cette précipitation, elles dénaturent les nuances que l'on a adoptées.

L'huile dont on se sert est de trois espèces:

1° Huile de lin, très bonne et très siccative,

2° Huile de noix, plus claire, rend les couleurs belles;

3° Huile de pavot, inférieure, sous tous les rapports, aux

deux autres; elle n'a d'autres propriétés que de favoriser le broiement des blancs.

L'essence sert à étendre les couleurs, leur donne un mordant plus fort, en leur donnant beaucoup d'éclat.

LA COLLE	Il y en a de plusieurs espèces : colle brochette, colle de Flandre, colle forte.
L'EAU SECONDE	Sert à enlever les vieilles couleurs. Elle est composée de six pintes d'eau de rivière, trois livres de potasse, une livre de cendres gravelées.
HUILE SICCATIVE	Excellent siccatif. Composition : demi-once de céruse calcinée, demi-once de terre d'ombre, demi-once de talc pour une livre d'huile de lin ; on fait bouillir le tout pendant deux heures, en remuant souvent. On a le soin d'écumer ; laissez ensuite refroidir et reposer.
LITHARGE	C'est un siccatif très puissant. Deux espèces de litharge : 1o litharge d'or, elle est jaunâtre ; 2o litharge d'argent, elle est blanche. La litharge d'or est celle qui est la plus usitée.

Nous donnons pour point de départ, pour règle générale, de mettre très peu de siccatif dans toutes les couleurs où la céruse et le blanc de plomb entrent comme ingrédients.

ENCAUSTIQUE.

Ce genre de peinture est un simple enduit de cire que l'on passe sur les carreaux ou sur les parquets. Voici sa composition et sa quantité pour 16 ou 17 toises :

Faire dissoudre 1 liv. 1/2 de cire et 1/2 liv. de savon dans 6 doubles litres d'eau que l'on a fait chauffer. Ajoutez à cela 3 onces de carbonate de potasse ou sel de tartre ; lorsque le tout est refroidi on le remue de manière à opérer un certain mélange et on passe de cet encaustique sur la pièce à peindre.

---

§ V. — PEINTURE LUCIDONIQUE.

Ce genre de peinture, par sa promptitude à sécher, a cet immense avantage de ne jeter aucune odeur, et semble n'être fait que pour les amateurs. C'est donc plus pour les amateurs que pour les ouvriers que nous allons en parler. Les couleurs lucidoniques ont été inventées par Mme Cosseron, en 1802, elles se vendent à la livre et par bouteilles séparées. Elles peuvent servir à peindre sur toutes sortes d'enduits même humides, sans pour cela perdre de leur éclat, qu'elles conservent très longtemps. On les étend avec une brosse à vernis.

Ces couleurs sont de deux sortes : les couleurs brillantes, les couleurs mates. Ces dernières ont seules besoin, pour leur donner un certain éclat, d'être vernies. Il y a deux sortes de vernis : 1° vernis transparents clairs; 2° vernis transparents foncés.

Couleurs brillantes.

Vert-pré; terre d'ombre; vermillon; vert américain; vert-olive, vert pistache; vert bronze; orange; jaune d'Italie; gris ardoise; stil-de-grain; puce-foncée; couleur de bois, pour parquets; couleurs de fer; ocre; etc.

Couleurs mates.

Bleu céleste; violet foncé; lilas; teinte de pierre pour statues; jaune soufre; jaune; hortensia; gris-souris; chocolat; noyer; chêne; vert d'eau; bleu turquin; maroquin; laque carminée; acajou; vert pomme; amaranthe; bleu de roi; etc., etc.

Je finis ce chapitre en recommandant aux peintres et amateurs de tenir leurs couleurs dans un atelier très sec. Une cave est d'une très grande utilité pour conserver les colles, les essences, les huiles.

Les couleurs broyées doivent être placées dans des vases vernissés et fermés hermétiquement.

CHAPITRE III.

§ I. — DE LA CHARPENTE.

La charpente, par les connaissances sérieuses qu'elle nécessite, est un des arts les plus difficiles à connaître. Certaines connaissances en mathématiques sont nécessaires pour faire un bon ouvrier charpentier.

Je ne parlerai, dans ce chapitre, que de diverses espèces de bois, de leurs défauts et du choix qu'il faut en faire. Je dirai deux mots sur leur exploitation. Je passerai tout à fait sous silence la manière de les débiter, la force qu'ils acquièrent dans telle position donnée.

§ II. — DES DIVERSES ESPÈCES DE BOIS DE CHARPENTE.

Les bois employés le plus souvent dans les constructions de la France sont au nombre de six : 1° le chêne; 2° le sapin; 3° le pin; 4° les diverses espèces de peuplier, au nombre de trois, connues sous le nom de peuplier noir ou commun, peuplier d'Italie, peuplier de la Caroline; 5° l'aulne; 6° le saule.

1° *Chêne.* — Le chêne est le plus dur de tous les bois. Sa dureté, sa force, l'ont fait adopter presque dans tous les pays pour les diverses constructions. Il y a parmi les chênes plusieurs qualités qui sont plus ou moins propres à la bâtisse. Le meilleur est le *chêne-cyprès.* Cette variété, malheureusement trop rare, croît et s'élève fière et majestueuse dans les Pyrénées. On ne saurait trop faire pour encourager sa multiplicati n. Ce serait un bel héritage à laisser à nos neveux. Les chênes les plus usités dans la charpente sont les chênes noirs d'une grande dureté. Avant d'employer le chêne, il faut qu'il soit coupé au moins depuis trois ans. Si l'on veut que le chêne ne se pourrisse pas, il faut le dégager de son aubier.

2° *Sapin.* — Ce bois croît dans les Alpes et dans les Pyrénées. Les qualités de légèreté, d'élasticité, qui lui font supporter des poids plus lourds que ceux auxquels on peut soumettre les chênes, le rendent très propre pour la construction. Il est rarement attaqué par les vers.

3° *Pin.* — Le pin est le plus raide des bois résineux; il est cassant et sujet à se tourmenter. L'Ecosse, la Russie, en général toutes les contrées du nord du globe en produisent des variétés très bonnes. Ces variétés présentent, réunissent les qualités du sapin.

4° *Peuplier.* — Cet arbre est celui qui est le plus en usage dans nos campagnes. Le peuplier commun, lorsqu'il n'est pas trop abâtardi, est assez ferme et pliant. Le peuplier d'Italie est celui qui, par son tronc entièrement droit, présente de grands avantages. Il est à regretter que ce bel arbre ait dégénéré en France pour ses qualités; ce n'est point ici la place d'en faire connaître les causes.

5° *L'aulne.* — Ce bois, si ce n'était sa propriété de se conserver dans l'eau, qui en permet l'usage pour des tuyaux de conduite, ne serait jamais employé dans la charpente.

6° *Saule.* Ce bois a tous les défauts du peuplier et n'a pas toutes ses qualités.

La meilleure manière de l'exploiter consiste à ne point l'étêter.

Manière de préparer le bois de charpente vert, afin de pouvoir s'en servir immédiatement.

L'arbre une fois abattu, on enlève sur le champ l'écorce extérieure. On le scie pour les différents usages qu'on en veut faire: couverture de toits, solives, planches, etc.

Ainsi débité, on le trempe pendant quelques jours dans de l'eau de chaux.

Le bois ainsi préparé peut remplacer le meilleur bois de menuiserie, le sapin d'Écosse; il est à l'abri de la pourriture et des vers.

---

§ III. — DES DÉFAUTS DES BOIS DE CHARPENTE ET DE LEUR CHOIX.

Choix. — Chaque espèce de bois de charpente a ses défauts particuliers que nous ne ferons qu'indiquer.

Bois roulé.—C'est celui dont les pousses concentriques ne font point corps, ce qui se reconnaît à l'extrémité de l'arbre. On doit se garder d'employer un tel bois; c'est le défaut le plus grave qui nuit à sa solidité.

Bois noué. — C'est celui dont les fibres longitudinales ont peu d'étendue, forment des nœuds. Lors-

2.

que ce bois est sain, que les nœuds ne traversent pas la pièce de part en part, on peut l'employer, mais dans les ouvrages où ces pièces ne doivent pas avoir une grande portée.

Bois moucheté. — C'est celui qui est marqué de petites taches blanches. Ces taches blanches ou plutôt ces petits trous remplis de mastic sont produits par un petit insecte. Ce défaut très grave, et qui nuit beaucoup à la solidité, ne peut être malheureusement reconnu que lorsque le bois est travaillé.

Bois gras.—C'est un bois très difficile à travailler. Par ses fibres excessivement grosses, on ne peut conserver aucune arête vive. Il se tourmente beaucoup.

Défauts. — Aubier est le défaut le plus capital du bois de chêne et en général de tous les bois durs. Nous devons cependant reconnaître que c'est plutôt une des causes de la constitution de ce bois qu'un défaut. L'aubier est une partie blanche et molle placée immédiatement sous l'écorce.

Bois gétif. — Ce bois a un défaut qui est produit ordinairement par la gelée. Il est roulé, et il peut être cependant employé facilement quand on ne lui fait pas porter de grands poids.

Bois mort sur pied. — Ces expressions disent assez que ce bois ne peut servir pour la construction. Il peut tout au plus servir pour le chauffage.

Bois rouge. — Ce bois a été recouvert longtemps par la neige. Après quelque temps qu'il a été employé, on le voit bientôt tomber en poussière par l'effet de la pourriture.

Pièce flache. — On donne ce nom à toute pièce de bois dont les deux extrémités ne sont pas égales en grosseur, ou plutôt lorsque la pièce se trouve vers le centre suivant une ligne autre que celle des extrémités.

Une des bases essentielles pour l'art du charpentier est la connaissance du *trait.* On entend par cette dénomination l'art de tracer sur un parquet ou sur le papier, ou sur le bois, les différentes pièces d'une construction en profil, plan et élévation. De cette manière, on peut parfaitement se rendre compte du coup d'œil d'une charpente, l'embrasser dans son ensemble et ses détails, et connaître ses dimensions.

CHAPITRE IV.

§ I. — DE LA MARBRERIE.

Les Anciens comprenaient sous le nom de marbres différentes roches qui s'employaient dans la décoration des monuments et des édifices. Aujourd'hui l'étude de la minéralogie a restreint la dénomination de marbre aux seules variétés de carbonate de chaux ou de pierres calcaires qui sont susceptibles de prendre un beau poli et d'être employées comme ornements dans les arts.

La minéralogie distingue ces calcaires en deux grandes classes : les calcaires *saccaroïde*, c'est-à-dire dont la cassure est semblable à celle du sucre, qui fournissent les marbres blancs, statuaires, — et les calcaires *sublamellaires*, qui, en raison de la finesse de leur grain, ont reçu le nom de calcaires marbres, et on les emploie comme ornements. L'histoire des marbres antiques serait très intéressante si l'étendue de ce petit recueil nous permettait de nous étendre.

Il est peu de contrées qui ne fournissent ces diverses variétés de marbre. Les voyageurs ont rapporté des échantillons de ce calcaire des différentes îles de l'Océanie ; cependant nous sommes forcés d'avouer que de toutes les parties du monde l'Asie est la privilégiée sous ce rapport.

---

§ II. — DÉFAUT DES MARBRES.

Les pierres calcaires prennent différents noms tels que granites, porphyres, marbres proprement dits, brèches, jaspes. Cette variété dans ces pierres calcaires est occasionnée par le grain, la couleur, les veines, etc.

Les défauts des marbres sont d'être :

1° *Terrasseux* (parties molles, pleines de terre qu'il faut remplacer par un mastic);

2° *Fier* ou *trop raide* (ce défaut paraît quand on les travaille avec le ciseau);

3° *Pouf* (ne peuvent se tailler à vives arêtes);

4° *Filandreux* (traversé de fausses veines);

5° *Camelotté* (ces pièces sont peu susceptibles de recevoir un beau poli).

Les Pyrénées offrent une grande variété de marbres. Ils trouvent un grand débouché dans tout le midi de la France. Presque tous ont les défauts que nous venons de signaler.

---

§ III. — MANIÈRE DE TRAVAILLER LE MARBRE.

Dans les carrières, on exploite le marbre en grandes masses, en grands blocs, à l'aide d'une scie dentée, de coins en bois doublés de lames tôles sur lesquelles on frappe avec des grosses masses de fer.

Les tranches de marbre sont sciées à l'aide d'une scie à une ou plusieurs lames. Cette scie sans dents scie le marbre au moyen de sable de carrière très fin que l'on a soin de tenir humide. Lorsque le marbre est taillé, on prépare sa surface à recevoir un poli convenable, en le frottant avec un grès humecté d'eau; ce grès fait disparaître les inégalités de la scie ou des autres instruments. La surface s'adoucit ensuite à la pierre ponce ou avec une mollette de chiffons en fil, imprégnée d'émeri bien en poudre et d'émail de plomb, en mettant un peu d'alun dans l'eau dont on se sert pour cette opération. Lorsqu'il est presque poli, on le frotte à sec avec un linge et de la potée d'étain; on emploie de la poussière d'os de mouton calciné, si le marbre est blanc; s'il est rouge, on doit se servir de tripoli.

CHAPITRE V.

§ I. — DE LA MAÇONNERIE.

L'art de construire prend telle qualification d'après les divers matériaux que l'on emploie. La chaux, le sable, la pierre, le mortier, le ciment constituent l'art de bâtir en maçonnerie.

Dans ce chapitre qui demanderait de grand développements, si nous voulions traiter tout ce qui a rapport à ce genre de constructions, nous ne parlerons, et en passant seulement, que de quatre parties : 1° Chaux; 2° Sable; 3° Mortier; 4° Ciment.

1° *Chaux.* — C'est le produit de la calcination des pierres et la dissolution dans l'eau d'une sorte de pierre appelée pierre calcaire, appelée carbonate de chaux par les chimistes.

La pierre calcaire est opaque, grenée; d'un blanc jaunâtre; elle est insoluble dans l'eau. La plupart des chimistes pensent que la pierre calcaire doit sa solidité et la cohérence de ses parties à une espèce de cristallisation spathique, qui a cimenté ensemble les débris des corps organiques auxquels elle doit son origine.

Les caractères de cette pierre sont de ne point faire feu avec le briquet, de devenir chaux vive par la calcination, d'absorber une certaine quantité d'eau quand on l'humecte, de prendre la consistance de pâte sans avoir jamais la ductilité de l'argile, et de se désunir en séchant.

Au chalumeau cette pièce se calcine, devient chaux et obtient la propriété de se dissoudre dans l'eau.

Les meilleures pierres pour faire de la chaux sont les plus dures, les plus pesantes et les plus homogènes. Le marbre est la pierre avec laquelle on fait la meilleure chaux.

Il faut employer la chaux aussitôt qu'elle sort du four ou du moins il ne faut pas attendre trop longtemps de peur qu'elle s'évente, et alors elle perdrait toutes ses propriétés ; en voici les raisons : exposée à l'air, elle en attire l'humidité, et elle attire aussi l'acide aérien, disséminé dans l'atmosphère ; l'humidité qui la pénètre la fait fondre, elle se gonfle et elle se réduit en poudre ; son poids alors augmente, et son union avec l'acide aérien la rend effervescente avec les acides ; elle repasse ainsi naturellement à l'état de terre calcaire, et de chaux vive qu'elle était elle devient chaux *éteinte*, excellente pour les enduits, mais non pour la bâtisse.

La meilleure qualité de chaux est grasse, se divisant facilement sous le *sabot;* elle est veloutée. Quand on la délaie avec une trop grande quantité d'eau, on la *noie;* quand on n'en met pas assez on la *brûle*.

2° *Sable*. — Il y a trois sortes de sable : sable de rivière, de terre et de mer. Le sable de *rivière* se partage la prééminence de bonté avec le sable de *terre*. M. Rondelet, dont l'avis en pareille matière doit être d'un grand poids, ne balance pas à donner la préférence au sable de *terre* ou de *fouille*. Le sable de rivière a quelquefois les défauts d'être mêlé avec beaucoup de terre. Dans ce cas on pourrait le laver dans une comporte pleine d'eau et dans laquelle on jetterait le sable que l'on voudrait nettoyer ; on remue le tout pendant un certain nombre de fois et l'on verse l'eau, que l'on voit bientôt devenir bourbeuse. Cette expérience renouvelée plusieurs fois, vous aurez bientôt fait disparaître toute la terre.

Le sable de mer est de la plus mauvaise qualité. On ne doit point l'employer pour la bâtisse.

En général, tout sable craquant sous la main et ne la salissant pas peut être employé en *toute sûreté*.

3° *Ciment*. — Le ciment est une tuile concassée dont on fait un excellent mortier. Il ne faut point y mêler de carreau de terre cuite ou de brique, l'un et l'autre n'étant pas d'une cuisson aussi forte que celle de la tuile, mais on peut y mêler, même avec quelques avantages, des pots de grès, et même du grès concassé.

Le ciment des fontainiers, qu'on appelle ciment perpétuel, se fait avec du mâchefer broyé, du tuileau, du charbon de terre et un peu de grès tendre réduit en poudre; le tout incorporé avec de la chaux vive *éteinte* et bien broyé au *rabot* à force de bras.

Il y a plusieurs ciments, les plus connus sont : ciment de Hollande, d'eau forte, la cendre de Tournay, la pouzzolane.

De ces diverses qualité de ciment, je ne parlerai que de la pouzzolane de Naples; elle est de quatre sortes : brune, noire, grise, jaune. On la mêle avec du sable, de petits tuileaux, de rampes de pierre. Le tout est broyé avec beaucoup de soin, à plusieurs reprises et avec de la chaux non éventée, nouvellement éteinte. Le temps au lieu de détruire ce genre de maçonnerie, ne fait qu'augmenter sa dureté.

En général, plus le ciment est broyé, plus sa qualité devient supérieure.

4° *Mortier*. — Le mortier se fait d'un tiers de chaux et de deux tiers de sable. Il ne s'agit pour bien le faire que de le bien broyer et le corroyer, en y mettant le moins d'eau que l'on peut. Un mortier bien fait dure très longtemps, et devient, par la suite, aussi dur que la pierre.

Il y a plusieurs sortes de mortier : le mortier de *terre*, le mortier *franc*. Le mortier de *terre* est composé de sable de *fouille* ou de *rivière* et de terre franche. C'est par esprit d'économie que l'on se sert de ce mortier. Le mortier *franc*, j'en ai donné la composition au commencement de cet article.

---

§ II. — MORTIER DE CIMENT.

Les mortiers dans lesquels au lieu de sable on met du ciment s'appellent *mortiers de ciment*. Les doses de substance, les qualités qui entrent dans leur fabrication constituent cette grande variété. Comme ce sont dans les ouvrages qui se construisent dans l'eau ou qui doivent servir à des conduits de sources ou à retenir l'eau que l'on emploie le plus de ciment, il est essentiel qu'il soit le meilleur possible. Je traiterai cet article assez longuement.

M. Bullet a consacré plusieurs pages à faire connaitre leur ciment inventé par M. Loriot en 1774. Ce ciment fut éprouvé avec succès dans son époque. De nos jours on a trouvé certains défauts à cette invention ; elle a été remplacée et éprouvée par des ciments qui ont présenté de plus beaux résultats. Je vais citer le procédé de M. La Fage, tel qu'il l'a publié, en 1805, dans le *Journal des Propriétaires ruraux de la Société d'Agriculture de Toulouse.*

« Sur 2/3 de sable de rivière, préalablement lavé à plusieurs eaux, on mêle d'abord 1/3 de tuileaux bien cuits « et de mâchefer concassés. On prend ensuite trois portions « de ce mélange, que l'on humecte avec de l'eau de rivière, et l'on en forme un bassin où l'on jette une portion « de chaux vive, la plus grasse et la plus récente possible. « On arrose à l'instant, et dès qu'elle donne des signes d'ébullition on s'empresse de la couvrir avec le sable humide qui l'entoure. Ainsi étouffée, elle ne tarde pas à « fermenter et à se dilater ; des crevasses se manifestent « de toutes parts, mais des ouvriers sont attentifs à les fermer, et par là sont conservés les sels volatils sulfureux, « principes de son action. Le grand effort de la chaux étant « fait, on vérifie si la fusion est totale par quelques trous « dans le tas, et s'il s'en dégage de la poussière de chaux, « on y introduit de l'eau à petite dose pour en consommer l'extinction. Les trous refermés, on la laisse couverte « environ une heure, qui est employée à en éteindre d'autres de la même manière, car il importe de se mettre en « avance et d'avoir une ample provision de mortier.

« Pour faire ce mortier, on retrousse le sable qui recouvre la chaux, puis, écrasant celle-ci le plus exactement « possible avec le rabot et un bon carrelage, on la mêle « sensiblement avec le sable, sans addition d'eau, et on ne « cesse de manipuler que le mortier ne soit fait et parfait. « Alors on jette dessus et en détail 3/5 de blocaille ou même « cailloutage, que l'on mêle à force de bras. »

Tel est le procédé de M. La Fage qui ressemble en partie à celui de M. Lafaye. Ce ciment est un peu maigre, voilà le seul inconvénient qu'il a présenté dans son application. On peut faire disparaître ce défaut en humectant ce ciment avec de la laitance de chaux vieille *éteinte*.

CHAPITRE VI.

§ I. — DES CAUSES DE LA FUMÉE ET DES MOYENS A PRENDRE POUR S'EN GARANTIR.

Causes de la fumée. — Le plus grand inconvénient d'une cheminée, c'est la fumée qui quelquefois vous oblige à quitter votre appartement.

La cause physique de la fumée, c'est l'interception de l'air, soit par l'ouverture du manteau, soit par la partie supérieure du tuyau, et cette cause provient de plusieurs circonstances que nous allons examiner avant de chercher à nous en garantir.

Le feu est un élément plus subtil que l'air dont il tire sa substance; son activité fait abstraction de l'air; le défaut de son activité est occasionné par le défaut de l'air.

Assez souvent une cheminée fume par certains vents et non par d'autres, et quelquefois même sans y avoir de feu; cela provient de l'assemblage de plusieurs tuyaux arrosés à la même hauteur, n'ayant que 9 à 10 pouces de distance entre les vides des fermetures ou mitres. Ce sont là les causes qui occasionnent le plus souvent à peu près la fumée par la partie supérieure des tuyaux.

La fumée causée par la partie inférieure des tuyaux provient du peu d'air qu'ils reçoivent d'une chambre bien close, ce que l'on aperçoit en tenant une porte ou une croisée ouverte; car à l'instant vous voyez la fumée monter et disparaître. Deux manteaux opposés, séparés par un mur dans lequel il y a une porte, ne peuvent manquer de fumer ayant du feu tous deux ensemble. Un manteau qui n'est pas opposé à un mur dans lequel se trouve une porte ou une croisée est très sujet à fumer. Voilà les causes de la fumée de la partie inférieure des manteaux.

---

§ II. — MOYENS DE S'EN GARANTIR.

L'on doit d'abord examiner d'où provient la cause de la fumée ; quand on l'a reconnue, il n'est pas difficile de s'en garantir ; mais un air précipité ne convient pas, tel que celui que l'on tire du dehors par un tuyau d'un petit diamètre ; la vivacité de l'air qui en provient et qui est attiré avec violence par l'activité du feu, forme un passage au travers de la fumée et laisse refluer les parties qui l'environnent. Il faut un air égal et modéré, et cet air peut se tirer du tuyau même de la cheminée sans avoir besoin d'introduction indirecte.

Si la fumée est causée par des défauts de la partie supérieure, l'on doit commencer à faire ramoner, et recommander au ramoneur d'examiner avec attention s'il n'y a ni trous ni crevasses, et surtout dans le mur mitoyen et du côté des autres tuyaux. Si tout l'intérieur est en bon état, la fumée ne peut provenir que par le mélange des fumées trop près l'une de l'autre, et c'est ordinairement celle qui est sous le vent dont la fumée est interceptée par l'autre : dans ce cas, l'on doit écarter les mitres et mettre à plomb leurs languettes extérieures en forme de pyramide oblique. Mais il faut éviter surtout des ventouses dans les greniers et près des toits, comme le font presque tous les fumistes.

Si la cause de la fumée provient d'en bas, il faut examiner si elle est occasionnée par des manteaux opposés ; dans ce cas, le plus sûr moyen est de faire des languettes doubles que l'on pratique sous la gorge de la tablette ; on laisse deux pouces d'intervalle par le bas des languettes, et l'on bouche le vide du bas par une petite languette percée de trous biais dirigés au dehors et un du côté de l'âtre. Ces ventouses ont l'incommodité de glacer les doigts lorsqu'on approche les mains du feu.

Si la fumée provient de ce que le manteau est en retour du mur où est la porte ou la croisée, ce qui produit un air dirigé de côté, il faut placer dans l'angle de l'intérieur de la cheminée, du côté opposé à la porte, un tuyau de tôle ou de grès de 7 à 8 pieds de haut, élevé de l'âtre de 7 à 8 pouces.

Si l'intérieur d'une cheminée doit être revêtu de plaques, au lieu de deux tours creuses, il faut en poser quatre, deux dans les angles et deux par-devant, en observant de laisser à jour le dessous des plaques de coté environ à deux pouces du carreau, et de laisser un vide derrière les trois plaques dont celle du fond sera calfeutrée par-dessus avec un solin de plâtre. Sur chacune des plaques de côté, il faut élever une planche de plâtre de deux pieds ou de deux pieds et demi de hauteur, en observant le même vide qui est derrière la plaque. Le dessus de ces languettes ne doit être fermé que quand on ramone seulement pour que la suie n'y tombe pas; hors ce cas, on doit les laisser à jour, et la fumée, ne pouvant y descendre, n'y laisse point de suie. L'on peut encore tirer un avantage de cet arrangement, en plaçant dans le fond de l'âtre deux tuyaux de fonte de trois pouces de diamètre et dont les embouchures soient au derrière des plaques de côté, et en plaçant en continuité des tuyaux de chaleur sur le côté des jambages; par ce moyen, l'on se procure de la chaleur avec peu de bois et l'on évite la fumée.

Il serait encore mieux de faire des plaques exprès, plus larges du haut que du bas, et de les poser en talus, en observant de faire courber la partie inférieure des plaques de devant pour pouvoir y placer deux tours creuses à plomb; et de faire les tours creuses des angles, biaisés par-dessous et par-dessus; ces garnitures garantissent à coup sûr de la fumée.

Ce que l'on peut faire encore remarquer comme une cause de la fumée, c'est lorsque l'ouverture du manteau est beaucoup plus large que le tuyau, c'est lorsqu'un tuyau n'est pas fort élevé ; les tuyaux à plomb fument plus ordinairement que ceux qui sont déversés ; ceux qui sont avoisinés des murs ou de toits plus élevés qu'eux sont beaucoup plus sujets à fumer.

Voilà à peu près ce que l'on peut dire des causes de la fumée et des moyens de s'en garantir. L'on peut à ce sujet consulter la méthode de M. *Franklin*. C'est en une petite brochure qu'il traite avec assez de détails le sujet de ce chapitre.

CHAPITRE VII.

§ I. — DE LA DORURE.

La dorure est l'art d'appliquer sur une partie solide de petites feuilles d'or ; ces feuilles sont réunies en un petit cahier de papier sans colle, appelé *livret*. Ce *livret* est composé de vingt-cinq feuilles Parmi les diverses qualités d'or, le plus estimé est celui connu sous le nom d'*or jaune*. On ne se sert guère de l'*or vert* que pour certains ornements qu'on veut faire dessiner sur toute autre couleur d'or avec laquelle on aurait doré le *fond*.

Il y a deux sortes de dorure : la dorure à l'*huile*, la dorure à la *colle*. On n'emploie guère ce dernier genre de dorure sur des objets qui doivent être exposés aux injures de l'air. Dans tel ouvrage où l'on mêle les *mats* et les *brunis*, on se sert de la dorure à l'huile.

Pour faire de la dorure à *l'huile* on passe d'abord sur l'objet à dorer une couche de *mixtion*. Quand cette couche est presque sèche, on applique l'or légèrement avec du coton ou avec une *palette*, ou avec un pinceau fait avec le poil de tel animal qui, par sa finesse, ressemblerait à des soies. Ce genre de dorure demande peu de temps.

La dorure à la colle, au contraire, demande une grande attention. Après avoir passé une couche de colle dite de *tanneur* sur l'objet à dorer, on passe sept ou huit couches de blanc. Le blanc d'Espagne doit être pilé excessivement fin et on le jette dans un pot où l'on a mis auparavant de la colle. On remue le tout en faisant rouler le manche du pinceau entre ses deux mains.

Avant de passer la deuxième couche, il faut attendre que la première soit bien sèche. L'observation que je fais pour la première couche, je la ferai pour les suivantes.

On abat les aspérités avec de la pierre-ponce que l'on a soin de tenir humectée; on passe ensuite un morceau de toile également mouillée, et enfin on achève avec la *prêle*.

Après avoir adouci et réparé son travail, on passe une couche de colle où l'on mêle un peu d'ocre jaune bien pilée, bien tamisée. Cette couche de colle doit être très faible. On peut juger de sa force en en mettant un peu sur sa main gauche; si, en y appliquant sa main droite, on sent une certaine résistance, la colle sera trop forte. On pourra diminuer sa force en y ajoutant un peu d'eau.

Il faut que la colle dont on se servira pour passer cette couche soit très propre; pour cela on la passe dans un linge. On passe ensuite sur les parties que l'on veut *brunir* ou rendre brillantes deux ou trois couches de bol d'Arménie que l'on vend tout broyé en petit morceaux, sur lesquelles on applique l'or avec de l'eau claire. Lorsque le tout est bien sec, on polit l'or dans les parties que l'on a préparées à cet usage avec une pierre d'agathe, taillée exprès. Si, en brunissant, on obtenait un poli parsemé de taches rouges, on doit passer sur l'or avec un pinceau léger un peu de suif que l'on a d'abord étendu sur un morceau de papier.

Les bois les plus propres pour la dorure à la colle sont les bois blancs, ceux dont les pores sont les moins compacts.

CHAPITRE VIII.

§ I. — DES BOIS ET DIVERSES RECETTES POUR IMITER TELLE QUATITÉ DE BOIS QUE VOUS NE POSSÉDEZ PAS.

Les bois peuvent être rangés en deux classes : les bois originaires de France ou ceux qui s'y sont acclimatés, et les bois qui nous arrivent des pays étrangers.

Tous les bois sont composés indépendamment de l'écorce, de trois parties distinctes : l'aubier, le bois proprement dit et la moelle.

1° L'aubier est la partie la plus rapprochée de l'écorce, aussi elle n'est point encore convertie en bois ; il est composé de couches concentriques ;

2° Le bois proprement dit est cette partie de tronc la plus dure, la plus foncée, la plus solide ;

3° La moelle est cette partie molle logée dans un canal longitudinal au centre même du tronc.

Les bois diffèrent autant par la variété de leur couleur que par la pesanteur. Il en est de même pour la durée. Certains bois sont si durs qu'on les a comparés à la dureté du fer ; de cette propriété certains arbres ont tiré leur nom vulgaire.

Le bois est formé de couches composées elles-mêmes de fibres. Le talent de l'ouvrier consiste à savoir connaître la direction de ses fibres pour faciliter son travail.

La principale cause d'altération d'un bois est la sève qui existe dans toutes les variétés. Les ravages qu'elle occasionne ont dû attirer l'attention de beaucoup de personnes. Ces ravages sont désastreux ; elle s'échauffe et fermente dans les bois de première qualité. Quand elle s'évapore, elle occasionne un travail si considérable dans les bois, qu'elle dénature tous les travaux. Quant elle se corrompt, elle attire alors une infinité de petits insectes (dont j'ai déjà parlé en traitant des défauts des bois de charpente) qui coupent et rongent les fibres. Il faut donc avoir soin de ne travailler que des bois très secs.

Plusieurs hommes se sont occupés à trouver des moyens pour dessécher les bois. Je ne ferai que rappeler ici le procédé de Mugueron, dont la découverte a obtenu l'approbation de l'Académie des sciences; celui de M. Neuman qui n'est qu'une modification du procédé de M. Mugueron.

---

§ II. — RECETTES POUR COLORER ET TEINDRE LES BOIS.

Teindre le Bois en noir.

1er *Procédé.* — Faire bouillir le bois dans une décoction d'une partie de noix de galle, une partie de couperose vert et trois parties de bois de campêche, pendant que dans un autre vase on met en ébullition du vinaigre ou l'on met de la limaille de fer; frottez le bois avec ce liquide. Cette opération répétée plusieurs fois donne un noir très beau, un noir de jais.

2e *Procédé.* — Faire bouillir le bois dans une certaine quantité d'huile, et le frotter avec de l'acide sulfurique.

3e *Procédé.* — Plongez votre bois dans de l'eau et de l'acide sulfurique en parties égales; si vous trouvez que la couleur n'est pas assez noire, ajoutez de l'acide sulfurique jusqu'à ce que la couleur prenne la nuance que vous voulez lui donner.

Teindre le Bois en rouge.

Deux substances donnent au bois cette couleur: bois de Brésil garance. Plusieurs procédés sont mis en usage pour la préparation de la couleur avec le bois de Brésil.

1er *Procédé.* — 95 centilitres d'eau, 33 grammes de crême de tartre et 33 grammes d'alun; mettre en poussière 124 grammes de bois du Brésil.

2e *Procédé.* — Remplacez l'eau qui entre dans la composition de la première manière par du vinaigre très fort, et supprimez la crême de tartre. Alors la teinture, au lieu de la couleur rouge, prendra la teinte rose.

3e *Procédé.* — Remplacez par une plus grande quantité de potasse l'alun ou la crême de tartre, vous changerez le rose en violet.

Si vous voulez changer la couleur du cerisier, qui est ordinairement rougeâtre, éteignez dans de l'eau une certaine quantité de chaux, jusqu'à ce que vous ayez fait avec ce mélange un liquide semblable par sa consistance à une bouillie claire, et frottez le bois du cerisier avec ce liquide ; quand il est bien sec, il faut le laver, après l'avoir frotté avec une brosse, pour enlever cette petite croûte qu'a dû nécessairement faire ce liquide.

Teindre le Bois en bleu.

Pour donner au bois cette couleur, il faut prendre du bleu qui est mis en usage par les blanchisseuses, un kilogramme d'acide sulfurique, trois grammes de potasse d'une belle qualité, quatre décagrammes d'indigo-Flore qu'il faut bien broyer ; pour l'avoir bien fin, il faut le tamiser. Quand l'ébullition produite par le mélange de l'acide sulfurique avec l'indigo-Flore a cessé, on ajoute de la perlasse qui renouvelle l'ébullition ; aussitôt que l'ébullition s'est arrêtée, on verse la couleur dans un vase.

Cette composition donne un bleu d'une couleur très foncée ; on peut diminuer la teinte de la couleur lorsque vous l'étendez sur le bois. Il faut alors ajouter de l'eau.

Teindre le Bois en vert.

1er *Procédé.* — Pour arriver à ce résultat, il faut d'abord teindre le bois en bleu d'après le procédé que nous venons de faire connaître. Vous le plongez alors dans une décoction de gaude, où vous le laissez pendant un certain temps.

2e *Procédé.* — La composition suivante doit être mise en usage pour les ouvrages auxquels on veut donner une grande application ; le bois doit être plongé dans la couleur jusqu'à ce qu'elle ait bien pénétré. Composition : Il faut broyer longtemps et en même temps deux parties de sel ammoniac, deux parties de vert-de-gris avec du vinaigre qui soit doué d'une grande force.

Teindre le Bois en jaune.

Il faut plonger le bois dans le liquide suivant : soude en petite quantité dans une décoction de gaude.

Pour la manière d'appliquer les couleurs que je viens de faire connaître et qui sont au nombre de cinq, savoir : couleurs *noire, rouge, bleue, verte, jaune,* lorsque la couleur n'est pas par sa composition fort pénétrante, propriété dont elle jouit tout les fois qu'un acide n'entre pas dans la préparation des substances, il faut laisser la pièce de bois plongée dans la couleur pendant un certain espace de temps; quelquefois on doit l'y laisser plongée pendant un mois. Pour savoir jusqu'à quel point la couleur a pénétré dans le sujet, on jette dans le vase un petit morceau de bois au moyen duquel il est facile alors de s'assurer de sa pénétration. Il est nécessaire pour les bois tendres surtout qu'elle ait pénétré au moins de 1 milimètre, et l'on en conçoit aisément la raison; le bois tendre, séjournant pendant un certain temps dans un liquide quelconque, se déforme par un gonflement; il faut alors le travailler et le replanir de nouveau au moyen du rabot ou de la varlope.

Pour rendre le bois incombustible.

D'après M. Faggot, il est seulement nécessaire de faire bouillir le bois dans une dissolution de vitriol vert et d'alun. — *Autre procédé :* Lessivez avec de l'urine, avec du schiste alumineux, et laissez dans ce liquide vos pièces de bois pendant quinze jours. Si vous voulez vous-même faire alors l'expérience, soumettez vos morceaux de bois lorsqu'ils sont secs à un feu très ardent pendant une demi-heure, ils y resteront sans subir d'altération; après ce laps de temps, ils commenceront à se charbonner, mais il ne produiront jamais de la flamme. Pour ajouter à votre expérience, vous pourrez la faire avec un bois résineux, tel que le pin.

Pour rendre le Bois inaltérable.

Il faut le frotter d'une dissolution de sel ou d'une charrée de savon.

Pour durcir le Bois.

Le procédé que je vais faire connaître est celui dont se servent les sauvages pour donner à leurs armes, qui sont toutes en bois, la dureté du fer. On rapporte que ce bois est si dur qu'il peut percer d'autres bois. Ce procédé est très simple : imbibez de graisse ou d'huile le morceau de bois et faites-le sécher à une chaleur assez modérée.

§ III. — DU BOIS D'ACAJOU.

Ce bois dont se servent les ébéniste et très estimé en France pour meubles ne provient pas de l'arbre qui porte ce nom, mais bien d'un arbre appelé *mahogon* et appelé par les botanistes *swietenia*. Il croît dans les îles du golfes du Mexique. Les Espagnols, les Anglais s'en servent pour les ouvrages les plus communs : en Espagne, on l'emploie à la construction des vaisseaux de guerre ; ce bois est d'autant plus veiné qu'il provient d'un arbre avancé en âge.

L'acajou est d'abord d'un jaune rougeâtre ; il brunit au fur et à mesure qu'il vieillit. Il est très difficile de choisir ce bois quand il est même distribué en madriers, le poli seul faisant ressortir les veines.

PROCÉDÉS DIVERS POUR DONNER AU BOIS LA COULEUR DE CET ARBRE.

Les procédés employés pour donner au bois la couleur de cet arbre sont en grand nombre. A ma connaissance, ils sont au nombre de huit. Je me contenterai de faire connaître les plus simples.

Couleur d'Acajou à la colle.

Dans une certaine quantité d'eau, faire bouillir du bois de Brésil ; dans la même eau, après avoir retiré le bois de Brésil, mettre en ébullition, et en quantité égale au bois de Brésil, du rocou ; ajouter à cette couleur une quantité de colle forte que vous faites fondre dans cette même couleur pendant qu'elle est même tiède. Cette opération terminée, vous passez sur le bois à colorer le liquide qui ne doit être ni trop chaud, ni trop froid, c'est-à-dire tiède. Vous polissez votre morceau de bois avec de la cire, de préférence à l'encaustique.

2e *Procédé.* — Pour obtenir un bon résultat, il faut submerger votre morceau de bois dans un liquide dont voici la composition : Un kilogramme de garance par litre d'eau et 510 grammes de bois jaune ; si vous remplacez les 510 grammes par 310 grammes de bois jaune, que vous l'imprégniez de potasse et que vous mêliez au tout du bois de campêche, vous obtiendrez une couleur plus fortement nuancée.

3e *Procédé* — Pendant 24 heures, faire infuser dans 95 centilitres d'huile de lin pour 17 centimes de pétales d'œillet rouge et 20 centimes de racines d'orcanette

Je ne parlerai point des autres procédés pour une bonne raison ; ils sont plus dispendieux que ne le serait l'achat du bois lui-même. A une excessive cherté, il faut joindre un grand embarras.

§ IV. — MANIÈRE DE COLORER CERTAINS BOIS PAR L'ACÉTATE DE FER.

La preuve que je vais faire connaître, je la copie textuellement sur un petit recueil dont je regrette vivement de ne pouvoir faire connaître le nom. C'est un ouvrage anonyme.

Ce procédé, le voici : « Au fur et à mesure que le coutelier, le menuisier et surtout le taillandier, aiguisent leurs outils sur la meule, le fer et le grès s'usent par leur frottement réciproque, et du mélange des poussières qui en proviennent avec l'eau, il résulte ce que l'on appelle boue de meule. L'acier et le fer contenus dans celle qui est hors de l'eau s'oxident promptement, la boue jaunit, et à ce signe on reconnaît qu'elle ne vaut rien ; mais on recueille avec soin celle qui est au fond de l'eau et qui est d'un vert cendré, dont cette couleur décèle la bonne qualité. On en met une couche dans une terrine dont les deux tiers au moins doivent rester vides, et on verse par-dessus de bon vinaigre qui doit recouvrir la boue d'environ 14 millimètres. Au bout de quelques heures, il entre en ébullition, et le mélange se couvre d'une écume verdâtre. Cinq heures après que l'ébullition a commencé, on enlève l'écume et on incline doucement la terrine pour séparer de la boue la liqueur qui surnage : on la conserve dans un flacon bien bouché avec un bouchon de cristal. On appelle acétate vert cette première liqueur. On versera de nouveau vinaigre sur la même boue, et on le laissera reposer au moins vingt-quatre heures ; il faudrait un peu plus longtemps si l'air était humide.

« Cette seconde préparation mise à part prendra le nom d'acétate brun.

« On remet alors dans la terrine un peu de boue et du vinaigre, on la couvre d'une planche pour que la poussière n'y pénètre pas et on l'abandonne dans un endroit isolé et dans lequel on n'ait pas à craindre d'être incommodé par la mauvaise odeur qu'exhale ce mélange. Quand le vinaigre s'est entièrement évaporé et que la boue est bien sèche, on détache des parois du vase les croûtes rougeâtres qui s'y étaient attachées, on les fait tomber au fond, et on verse de nouveau une certaine quantité de vinaigre. On le laissera encore s'évaporer en partie, puis on le versera dans un flacon en y ajoutant un quart d'acide nitrique ou eau forte.

« Dans ces derniers temps, on a tiré un parti des plus avantageux de ces diverses préparations pour donner à nos bois indigènes de riches couleurs dont la solidité égale l'éclat. C'est surtout à la loupe de frêne blanc qu'on les a appliquées avec plus de succès.

« L'acétate vert n'a d'effet sur cette loupe que lorsqu'elle n'est pas encore parfaitement sèche. Quand il agit, elle devient d'un beau vert-jaune et mêlé de brun. Pour l'appliquer, on humecte le bois avec la liqueur, puis on polit à la manière ordinaire, en commençant par se servir de la poudre de pierre-ponce très fine et très sèche. Quand on veut que la couleur soit foncée, on n'emploie que du papier-verre très fin.

« Lorsqu'on veut une nuance plus tendre, on commence avec du papier-verre moyen, dont on se sert plus ou moins longtemps, suivant que l'on veut plus ou moins affaiblir la couleur.

« L'acétate brun donnent des veines rousses et brunes entremêlées de gris bleu et de jaune; il réussit surtout sur la loupe très sèche.

« L'acétate mêlé d'eau forte ne s'emploie pas seul, on commence par faire une teinture de bois de Brésil dont on frotte la pièce à deux reprises; quand la dernière couche est bien sèche, on applique l'acétate, et alors le bois devient d'un brun foncé mêlé de noir et de rouge sombre.

« L'acétate vert donne à la loupe d'aulne un beau vert, avec des nuances brunes et rougeâtres; il produit aussi un bel effet sur la loupe d'érable.

J'ai copié textuellement cette recette parce qu'elle est très bonne. Exécutée ponctuellement, on en obtient les plus beaux résultats.

COULEURS POUR IMITER CERTAINS BOIS EXOTIQUES.

Je ne parlerai pas des différentes nuances que l'on peut donner au bois d'acajou; j'en ai déjà parlé, pages 50 et 51.

Bois brun : Avec le campêche faire une décoction sur le hêtre, le tremble, l'érable. Avant de teindre le bois, il faut l'avoir aluné.

Bois jaune foncé : Deux manières : infusion de safran ou solution de gomme-gutte. Le bois qui est le plus susceptible de recevoir cette couleur est le poirier.

Bois brun veiné : Avec une couche d'acétate de plomb et une infusion de garance sur le sycomore, le tilleul, vous obtiendrez la couleur du bois brun veiné.

Bois citron : Faire dissoudre de la gomme-gutte dans l'essence de thérébenthine. Le sycomore est à peu près le seul bois qui puisse se colorer ainsi.

Bois vert veiné : Faire infuser sur le sycomore, le hêtre de la garance avec une couche d'acide sulfurique.

Bois jaune : Faire une infusion sur le tremble, le hêtre.

Bois de gaïac : Deux espèces d'arbres peuvent se colorer semblablement au bois de gaïac. Pour l'orme, une solution de safran ou bien de gomme-gutte, pour le platane, au contraire, faire une décoction de garance.

Procédé pour imiter la loupe d'Erable avec l'Erable ordinaire.

Après avoir poli le bois et tracé avec un stylet d'acier sur lequel vous avez ménagé une petite rainure contenant de l'acide nitrique ou de l'eau forte pour imprimer sur le bois quelques veines et quelques nœuds. L'huile d'olive neutralise l'effet de l'acide et conserve la couleur du bois.

Couleur solide imitant l'Acajou.

La composition de cette couleur est celle-ci : il faut faire bouillir dans cinq litres d'eau cinq cent quinze grammes de campêche et soixante-trois grammes de bois jaune. Cette couleur doit être filtrée à travers un linge.

On doit avoir soin de faire cette composition dans un vase de terre.

Si vous voulez donner à votre bois une couleur foncée, vous y passez plusieurs couches; ainsi les nuances dépendent du plus ou moins de couches dont vous imprégnez le sujet.

Pour faire pénétrer la couleur plus profondément dans les veines du bois, vous y passez une couche d'acide sulfurique mêlée à de l'eau de rivière ou de pluie. Quant la couleur est sèche, vous polissez à l'encaustique ou bien à la cire jaune que vous faites fondre et à laquelle vous ajoutez de l'essence de térébenthine. L'essence de térébenthine ne doit être jetée et mêlée avec de la cire jaune qu'après avoir retiré du feu cette dernière substance.

Si on veut donner une couleur plus brillante au bois, il faudra passer une couche de vernis à l'alcool.

Règle générale.— Pour donner une nuance égale au bois que vous voulez teindre, il faut bien l'unir et le polir à la pierre-ponce. Le bois doit être sec.

Bois d'Erable.

Le bois de cet arbre est susceptible de prendre plusieurs couleurs, selon les substances qu'on emploie pour le teindre,

Avec du campêche, vous lui donnerez la couleur de l'acajou foncé, tandis qu'au contraire avec du campêche mêlé à l'acide sulfurique en petite quantité, vous obtiendrez la couleur corail.

Lorsqu'on emploie du curcuma, la couleur est jaune, et avec le bois de Brésil il imite l'acajou clair.

Bois d'Orme.

On donnera la couleur du bois de gaïac à l'orme si l'on se sert du safran ou de la gomme-gutte.

Bois de Tilleul.

LE BOIS DE TILLEUL	*sera brun veiné,*	avec la garance, puis l'acétate de plomb.
	sera noir,	avec la garance en certaine quantité, puis du verdet.
	sera orange,	avec le muriate d'étain avec le curcuma.
SYCOMORE	*sera couleur citron,*	avec une solution de gomme-gutte dans l'essence de térébenthine.
	sera corail,	avec du bois de Brésil que l'on doit faire bouillir dans de l'eau, puis de l'acide sulfurique en petite quantité.

SYCOMORE	*sera acajou foncé,*	avec du campêche seulement.
	sera noir,	avec du campêche en certaine quantité, puis une solution de verdet.

Bois de Charme.

Le bois de charme, pour qu'il puisse imiter la couleur du corail, doit être teint avec du campêche, puis avec de l'acide sulfurique mis en petite quantité.

Toutes ces variétés de bois, quand ils ont été peints et qu'on les a fait sécher, doivent être polis avec soin si l'on veut toutefois obtenir de beaux résultats.

Teindre le bois en brun jaunâtre par la limaille de fer.

Composition du liquide. — Dans un vase de terre, on met seize parties d'eau; huit parties de limailles de fer; trente-deux parties d'acide nitrique; vous laisserez cette couleur que vous versez dans un flacon dans un bain de sable; elle doit y rester cinquante heures, et vous l'agitez de temps en temps. A ce mélange, vous ajoutez ensuite au fur et à mesure que vous remuez avec une spatule ou tout autre instrument trente parties d'eau de rivière ou de pluie.

On doit avoir grand soin de faire cette opération sous une cheminée ou au grand air, et à raison du dégagement des gaz.

Cette couleur est excellente pour tous les bois auxquels elle donne une teinte très douce, excepté au chêne qu'elle noircit.

Procédé pour donner à plusieurs bois la couleur du bois de Fernambouc.

Tous les bois ne sont pas également propres à recevoir la couleur déjà nommée, et dont je vais faire connaître la composition. On s'en servira avec de grands avantages pour les bois blancs en général, ainsi que pour les bois résineux.

Composition du liquide. — Cinq parties d'alun, cinq parties d'ocre rouge bien en poussière et passée dans un tamis bien fin; neuf parties de bois de Fernambouc; le tout doit être jeté dans une certaine quantité d'eau que l'on fait bouillir et diminuer d'un quart.

Ce liquide doit être filtré à travers un linge.

CHAPITRE IX.

§ I. — DES VERNIS ET DE LA MANIÈRE DE LES APPLIQUER.

Manière d'appliquer les Vernis. — Avant de donner la composition de plusieurs espèces de vernis, je dois auparavant faire connaître la manière de les appliquer. Je vais laisser parler M. Nosban :

« Les vernis s'appliquent de différentes manières, suivant leur nature. Les uns s'étendent comme les couleurs ordinaires, et alors on emploie ordinairement un pinceau de blaireau, mais le pinceau étend rarement le vernis d'une manière bien égale, presque toujours il produit des stries ou des ondulations, et souvent des soies s'en détachent. Il vaut donc mieux se servir d'une éponge.

« Pour cela on choisit une éponge bien fine, on la lave dans l'eau, on la lave ensuite dans de l'essence de térébenthine pour en faire sortir l'eau ; après l'avoir bien pressée, on la trempe dans le vernis pour qu'elle s'en imbibe bien, on la presse jusqu'à ce qu'il n'en reste que très peu, et on la pas e vivement sur l'ouvrage en tâchant de n'avoir à passer qu'une seule fois à chaque endroit, pour que l'épaisseur du vernis soit toujours la même. Cette éponge doit être conservée dans un local à l'abri du contact de l'air, sans quoi elle se dessècherait, se racornirait et ne pourrait plus servir.

« On n'a besoin qu'une fois de la préparer par les lavages à l'eau et à l'essence de térébenthine.

« Il est une autre espèce de vernis clair (c'est toujours M. Nosban qui parle), parfaitement transparent, qui donne un poli de glace et que l'on applique par des procédés tout particuliers. »

Je dois avant tout en faire connaître la composition, pour que l'on ne puisse le confondre avec plusieurs autres et que l'on étend de la même manière que je viens de le décrire.

Ce vernis se compose :

Esprit de vin, à 36 degrés.	16	onces.
Mastic mondé.	3	»
Sandaraque.	1	» 1/2
Laque en feuille.	1	»

On fait fondre au bain-marie les résines dans l'esprit de vin. Le vase dans lequel se fait cette opération doit être plus grand qu'il ne le faut d'un tiers au moins, afin que, si le vernis se boursoufle sur le feu, on ne perde rien.

Il est bon de tenir beaucoup plus grand le vase qui contient l'eau, afin que si le vernis bouillonne par dessus les bords du vase qui le contient, rien du moins ne tombe dans le feu, et que l'on est pas ainsi d'incendie à craindre.

Je proposerai aussi d'ajouter deux onces de verre pilé grossièrement, comme M. Tingry le propose pour d'autres vernis. Cette addition faite aux résines avant que l'on ne les ait jetées dans l'alcool les divise, facilite leur liquéfaction, empêche qu'elles ne s'attachent aux parois du vase, et permet de les agiter plus aisément avec une spatule; ce qu'il faut souvent faire.

Quand la fusion est bien complète, on laisse reposer le vernis plusieurs jours, s'il est alors un peu trouble, on le filtre à travers du coton; pour cela on met au fond d'un entonnoir une petite pelote de coton que l'on recouvre d'une rondelle de plomb percée de petits trous; on remplit de vernis l'entonnoir ainsi préparé, placé sur une bouteille et recouvert ensuite d'une feuille de papier. — S'il le faut, on répète cette opération.

En prenant toutes les précautions que je viens d'indiquer, on est assuré de faire parfaitement ce vernis.

Quand on aura préparé ce vernis et que le bois sera disposé pour le recevoir, on en mettra quatres gouttes sur un chiffon de vieux tricot de laine replié en plusieurs doubles, et on le recouvrira d'un linge blanc aux trois quarts usé, de façon à faire un tampon. Si on n'a mis que la quantité de vernis nécessaire, il passera à peine à travers le linge; si on en a mis trop, il paraît sur le champ; dans ce dernier cas, on change le linge jusqu'à ce que le vernis paraisse peu ou point. Prenant alors une forte goutte de bonne huile d'olives, on la mettra sur le tampon au milieu de l'endroit ou se trouve le vernis, et en frottant légèrement on étendra partout ce mélange jusqu'à ce qu'il soit bien sec. Il faut éviter de repasser plusieurs fois sur le même endroit. L'huile dont on s'est servi pour humecter le linge facilite l'application du vernis, le fait pénétrer dans les pores du bois déjà imbibé d'un liquide semblable et supplée en outre au défaut d'essence de térébenthine qui manque dans ce vernis, tandis qu'on l'emploie dans tous les autres pour les rendre moins cassants, moins susceptibles de se gercer. Si, en refaisant cette opération, il arrivait qu'on distinguât des raies sur l'ouvrage, il faudrait remettre de suite un peu d'huile et frotter de nouveau On s'assure que le vernis est bien pris et bien sec en touchant avec le doigt une des surfaces unies. Si le doigt laisse une empreinte terne et nébuleuse, c'est un signe infaillible que le vernis n'est pas arrivé au degré de siccité convenable, et on continue de frotter. On peut alors donner un nombre de couches suffisant pour que le vernis dure longtemps. Ce n'est qu'à cette intention qu'on en met plusieurs couches; dès la première application, il est aussi brillant qu'il peut le devenir. Il faut mettre moins d'huile pour les couches suivantes; mais quelque précaution que l'on prenne, il est impossible, à raison de la grande consistance de ce vernis, de lui donner une surface bien plane et bien égale. Pour arriver à ce degré de perfection, les plus habiles ébénistes remplacent la dernière couche d'huile par de l'alcool ou esprit de vin, qui augmente encore plus la fluidité du vernis. Enfin, ils mouillent le tampon avec un mélange d'esprit de vin et d'huile, et frottent une dernière fois ainsi sans employer de vernis. Cette dernière opération donne à l'ouvrage un aspect glacé et un poli brillant. Cette manière d'appliquer le vernis est bien plus difficile, mais les résultats en sont infiniment plus beaux. On est cependant forcé de se servir du vernis au pinceau pour les moulures et autres substances rentrantes.

Vernis inattaquable.

Une partie de chaux; 1 partie de charbon de goudron; 1 partie d'huile; 2 parties de blanc de plomb.

Vernis résistant à l'eau bouillante.

Composition et préparation de ce vernis. — On tient suspendu dans un vase de cuivre non étamé où l'on a versé 740 grammes d'*huile de lin* que l'on fait bouillir, 134 grammes de *minium pulvérisé*, autant de *litharge*, autant de *céruse* pulvérisée. Ces trois dernières substances se mettent dans un petit sac que l'on ne retire que lorsque l'huile est devenue de couleur brune foncée. On y jette une gousse d'ail que l'on renouvelle 8 ou 9 fois. On fait fondre séparément dans 65 grammes d'huile de lin 490 grammes d'ambre jaune. Lorsqu'elle est bien fondue, on la verse dans la première composition en remuant doucement. On fait bouillir ensuite le tout.

Vernis blanc au copal.

Après avoir ramolli des morceaux de résine copale pure, en y versant de l'huile essentielle de romarin, on réduit ces morceaux en poudre dans un pot ; on verse dessus de l'huile de romarin à une hauteur égale à celle qui est produite par la résine réduite en poussière. On ajoute de l'alcool en très petite quantité à la fois. Pour faciliter la combinaison, on incline le vase de différentes manières en différents sens.

Vernis pour les meubles, et en général pour tout ce qui est exposé à un frottement quelconque.

Sandaraque, 8 parties; alcool, 34 parties; copal liquéfié, 4 parties; térébenthine claire, 3 parties; mastic mondé, 7 parties ; verre pilé, 6 parties.

Vernis pour meubles.

Un quart d'huile de lin exprimée à froid, à laquelle il faut ajouter 1/7 d'essence de térébenthine. Ce vernis doit être appliqué sur le meuble avec un chiffon de laine et avec une grande légèreté.

Procédé avec lequel on polit la cire.

Le meuble couvert de cire, on frotte cette substance avec un linge ; l'excédant doit être enlevé avec un râcloir (cet instrument se trouve chez tous les tourneurs). Cette opération terminée, on frotte avec un morceaux de drap jusqu'à ce que le meuble devienne d'un poli de glace.

Vernis pour les Bois de couleur foncée.

Sandaraque, 6 parties; benjoin, 1 partie 1/2 ; laque en grain, 2 parties 1/2 ; alcool, 33 parties; térébenthine de Venise, 2 parties 1/2 ; mastic, 1 partie 1/2.

Vernis très siccatif, à l'alcool.

Sandaraque, 2 parties; alcool, 12 parties; térébenthine de Venise, très claire, 1 partie 1/2 ; mastic mondé, 2 parties 1/2.

CHAPITRE X.

§ Ier. — PROCÉDÉS DIVERS MIS EN USAGE A PLUSIEURS CORPS DE MÉTIER, SAVOIR : PLATRIERS, DOREURS, TAILLEURS DE PIERRE.

Procédé pour coller un morceau de marbre cassé et ensuite le polir.

Après avoir placé sur une surface plane la tranche de marbre cassée, dont vous avez conservé avec soin les divers morceaux, vous mettez des charbons allumés, entre ceux que vous avez, afin de chauffer la cassure. Quand vous présumez que le marbre est chaud de manière à ne pouvoir y placer le doigt dessus sans vous brûler, vous placez de la gomme laque dont vous couvrez toute la cassure, vous rapprochez les morceaux de marbre cassés et vous les serrez fortement l'un contre l'autre pendant un certain temps jusqu'à ce que le marbre se soit refroidi. Quand le marbre est froid, s'il est dépoli on le polit comme je l'ai indiqué quand j'ai parlé des diverses qualités de marbres, à la page 35.

Eau pour nétoyer les Marbres à la minute.

Pour faire redonner au marbre son premier éclat, on passe par dessus toute la pièce à repolir 1 partie d'acide nitrique avec 30 parties d'eau; après l'avoir essuyée, on la frotte quelques minutes avec un chiffon de laine imprégné de noir de fumée ou de fleur de soufre. Le noir de fumée doit être mis de côté pour tous les marbres blancs.

Composition pour dorer l'Etain, le Ferblanc, etc.

Huile de térébenthine, 127 grammes; poix-résine, 1 kilogramme 1/2. Le tout, auquel vous mêlez cependant très peu de résine, doit être fondu à une chaleur douce. Vous passez le vernis avec un pinceau et vous appliquez aussitôt les feuilles d'or et d'argent.

Mastic impénétrable à l'eau.

Dans le sang d'un animal quelconque vous éteignez de la chaux. Vous y jetez de la brique pilée et tamisée, vous remuez le tout jusqu'à ce que vous ayez obtenu une substance égale au mortier pour la consistance. Ce mastic demande à être employé de suite.

Il est un autre mastic aussi impénétrable à l'eau; voici

sa composition : faire dissoudre de la colle forte dans de l'eau, ensuite vous pilez du blanc d'Espagne et de la chaux éteinte en parties égales, que vous jetez dans la colle forte fondue; ce mastic, après avoir été bien mélangé, doit s'employer lorsqu'il est encore chaux.

Ciment inaltérable à la vapeur d'eau bouillante.

Composition: 66 grammes de fleur de soufre, autant de sel ammoniac que vous mêlez dans de l'eau jusqu'à ce que ces substances soient devenues assez dures. Ajoutez quelque peu de sable très fin de fondeur, de la limaille de fonte ; vous mêlez le tout ensemble. Ce ciment, avant d'être employé, se délaie avec de l'urine.

Vernis sur plâtre.

Tôle calcinée et finement tamisée dans une certaine quantité de vernis au copal.

Mastic pour Fontaines.

320 grammes d'arcanson; 2 kilogrammes de ciment; brique tamisée. Le tout doit être mêlé.

Mastic de Mosaïque.

Marbre en poudre, chaux, pouzzolane, en parties égales et bien broyées ; de ces diverses substances vous en faites une pâte au moyen de l'huile de lin siccative.

Moyen d'écrire ou de dessiner en or sur les Métaux.

Avec de la dissolution d'or, avec de l'éther dont on se sert pour dorer le fer et l'acier (et que je vais faire connaître), on chauffe légèrement et on brunit. Il faut dessiner d'avance le sujet ou les lettres et employer l'or tout de suite, car autrement vous auriez le désagrément de le voir sécher dans la plume ou le pinceau dont vous vous servez.

Voici la composition de l'éther ou eau pour dorer le fer et l'acier : 49 grammes de la terra-merita ; 112 grammes de la gomme gemme; 222 grammes de piment; 144 grammes de l'aloës sucotrin. Ces substances réduites en poudre, vous y ajoutez de l'eau seconde assez pour qu'elle surpasse la poudre de deux travers de doigt. On remue le tout et l'on laisse ensuite reposer 48 heures pour le distiller. Cette eau s'applique sur le métal avec une brosse, et se sèche à l'ombre.

Procédé pour dorer le Marbre.

Il faut broyer du bol d'Arménie très fin, vous passez de ce

liquide sur la partie à dorer et vous appliquez l'or avant qu'il ne soit tout-à-fait sec.

Eau régale pour dorer et argenter.

Il faut faire fondre dans une certaine quantité d'acide nitrique du sel ammoniac. Cette dernière substance doit être dissoute à froid ; ensuite vous mettez dans cet acide de l'or en limaille : le vase doit être placé dans un endroit chaud jusqu'à parfaite dissolution.

Mastic résistant à l'eau et au feu.

Le mastic, dont je vais donner la composition, doit être principalement employé pour tous les objets qui doivent être placés près du feu ou employés pour des vases qui, par leur destination, doivent contenir de l'eau. Composition : Mêlez avec un blanc d'œuf bien battu le caillé d'une certaine quantité de lait. Ce caillé, que l'on obtient avec du vinaigre, doit être séparé à froid du liquide. Il faut ajouter à ce mélange de la chaux vive en poudre.

Ciment-animal.

Le ciment employé pour les vases en terre exposés à l'action du feu, pour fermer des trous, se compose des substances suivantes : à la chaux vive en poudre et à la craie calcinée, on ajoute un blanc d'œuf bien battu. Il faut bien mêler le tout,

Colle très bonne pour les Cristaux.

Il faut faire dissoudre dans trois parties d'esprit de vin de la colle à poisson et une partie de gomme ammoniaque. La dissolution s'opère au bain-marie

Quand vous voulez coller les différents morceaux de cristal, vous les mettez dans de l'eau chaude et vous étendez la colle sur les bords des morceaux cassés. Cette opération terminée, vous les tenez poussés les uns contre les autres et vous les plongez dans l'eau froide en les tenant toujours unis.

Colle pour la Porcelaine et le Verre cassé.

Dans le moins d'eau possible, vous faites dissoudre une certaine quantité d'eau de gomme arabique que vous délayez avec de l'esprit de vin. On se sert du gypse pour l'épaissir. Ensuite, pour coller les morceaux, vous employez le même moyen que j'ai indiqué dans le procédé précédent. On se sert à chaud du ciment-colle.

Avec l'argent massif *argenter le Papier, Carton, Plâtre.*

Pour du blanc d'Espagne, vous mettez de la poudre d'argent massif avec des blancs d'œufs bien battus que vous laissez reposer, ou bien avec de l'esprit de vin. Quand vous avez passé une couche de ce liquide et qu'il est bien sec, vous pouvez le brunir.

Pour dorer l'Argent.

Jusqu'à consistance d'une pâte, vous faites bouillir du vif argent avec du safran de Vénuset du vinaigre.

Mastic aussi dur que la pierre.

Après avoir enlevé la peau d'un morceau de fromage blanc et l'avoir coupé par petites tranches, vous le faites bouillir dans de l'eau. Au bout de quelques minutes, vous obtenez un liquide visqueux. Vous jetez l'eau et vous le pétrissez en y ajoutant de l'eau froide. Quand vous l'avez bien pétri, vous le broyez sur une pierre parfaitement plane avec de la chaux vive en poudre. Ce mastic est très bon pour marbriers, plâtriers, maçons, menuisiers.

Ciment de Tesson.

Chaux vive réduite en poudre, 5 parties; sable pur, 40 parties; résine jaune, 52 parties. On mêle bien le tout. Ce ciment doit être employé à chaud.

Mastic pour les Chaudières boulonnées.

Terre glaise, soixante-cinq parties; ciment de tesson, 35 parties; limailles de fer, 130 grammes. Après avoir délayé le tout dans de l'eau où vous avez fait fondre du sel, vous employez de suite ce mastic.

Pour dorer le Cuivre et l'Airain.

Faites dissoudre du sel ammoniac et du vitriol dans du vinaigre. Le vitriol et le sel ammoniac doivent être en parties égales. Après avoir fait évaporer le vinaigre, on distille cette eau et vous trempez dans ce liquide la pièce de cuivre ou d'airain.

Mastic pour conduits en Métal.

Faire fondre du suif dans de la chaux vive en poudre. Vous appliquez ce mastic autour des tuyaux. Ce mastic est retenu avec des étoupes.

Mastic pour les objets en relief.

Sandaraque, 127 grammes ; même quantité de cire blanche, de mastic noir de Bourgogne ; huile de lin, 505 grammes. Le tout bien pilé ensemble doit être jeté dans un vase que vous placez sur un feu pas trop ardent. Après deux heures et demie, quand le tout est bien fondu, vous ajoutez de la céruse et de la terre d'ombre. Ces deux dernières substances doivent être finement tamisées.

Pour coller toute espèces de Pierres.

On fait fondre en même temps les diverses substances suivantes : Cire blanche, deux parties ; résine, neuf parties. Pour faire prendre ce liquide, on ajoute du *gypse* ou bien du plâtre bien fin. Pour coller les objets cassés, on emploie le même moyen que j'ai indiqué plus haut en parlant du procédé à suivre pour coller les cristaux.

Pour dorer le Plâtre.

On jette de l'amidon dans de la colle de Flandre. On fait bouillir le tout jusqu'à consistance de bouillie. Cette colle à l'état liquide est passée avec un pinceau sur les objets à dorer.

Pour que les Moules en plâtre ne puissent ni se fendre, ni s'écailler en y coulant du Cuivre, de l'Etain, etc.

Pendant deux ou trois heures, on laisse cuire dans une certaine quantité d'essence de térébenthine, de savon vert que l'on fait fondre, une gousse d'ail et de la litharge d'or. Cette gousse d'ail et la litharge d'or doivent être placées dans un linge.

Après avoir fait sécher les moules en plâtre, on y passe une couche de ce vernis à deux ou même trois reprises différentes, mais toujours après avoir fait sécher la couche précédente.

Ciment pour enter.

Avec des blancs d'œufs bien battus et de la farine, l'on fait une pâte assez claire. Vous y ajoutez un peu de sang de dragon ; et de ce mastic vous enduisez les feuilles de papier.

Mastic résistant à l'eau.

Cire jaune, 503 grammes ; résine sèche, 3 kilogrammes ; ecre rouge, 1 kilogramme. Ce mastic doit être employé à chaud.

Pour jeter des figures en bosse.

Alun de plume, 34 grammes; brique pilée et tamisée, 505 grammes; plâtre également bien tamisé, 505 grammes; sel ammoniac, 2 onces; le tout doit être détrempé dans une certaine quantité d'eau, de manière à ne pas le noyer.

Pour décors en relief.

On fait une pâte jusqu'à une consistance de bouillie des substances suivantes : colle forte, pâte de papier, carbonate de chaux. La pâte bien mêlée, vous la jetez dans le moule.

Sable pour fondre bien net et dorer.

On prépare d'abord le châssis qui doit servir à toute opération de ce genre. Après avoir fait calciner un certain nombre de coquilles d'œuf, on les pile jusqu'à ce qu'on ait obtenu une poussière très fine; on en jette une légère couche sur le sable. Cette couche doit être mouillée avec de l'eau gommée, où l'on a mis en fusion de l'alun de Rome. Cette opération terminée, on moule ses pièces par-dessus. Il faut laisser sécher ses moules.

Mastic pour les chaudières en fonte.

Limaille de fonte, 160 grammes; sel ammoniac, 34 grammes; fleur de soufre, 67 grammes. On huile le tout avec un peu d'eau ordinaire, et on l'emploie de suite.

Pour broyer le plâtre.

On passe sur le plâtre de la terre verte broyée à l'huile siccative. Avant de jeter sur les parties saillantes du bronze que vous avez réduit en poussière avec vos doigts, il faut laisser sécher un peu la terre verte assez pour qu'elle happe encore. On passe sur le tout un vernis à l'esprit de vin.

Mastic de Tuyaux.

On fait avec le mélange des substances suivantes un mastic qui devient dur comme de la pierre. On l'emploie pour garnir les joints des tuyaux — *Composition :* Poussière de grès, 506 grammes; ciment de tesson, 500 grammes; huile de lin cuite avec de l'oxide de plomp, 506 grammes.

Nouvelle recette pour faire le Stuc et le polir.

Préparez les fonds en mortier bâtard; une fois les fonds secs, préparez votre enduit de la manière suivante : pour la quantité d'un seau d'eau, 1/2 kilog. de chaux éteinte; gâchez votre enduit très fort. Dès que l'enduit sera fait, distribuez les coupes de pierre ou filets pour le vénage. Le vénage ou chicotage se fait avant de poser la poudre. A chaque reprise, ayez soin de faire dessus un filet que vous recouvrez avec de la couleur; tamponnez ensuite avec de la poudre de Briançon, puis ferrez avec une demi-truelle et essuyez avec un linge propre. Pour le lustrer, attendez que le fond soit bien sec.

Manière de lui donner le brillant. — Il s'obtient de deux manières; la première, la plus simple et la plus économique, est celle-ci : Délayer un kilog. de savon blanc dans un litre d'eau bouillante (on la laisse devenir tiède) et l'appliquer avec un tampon, ensuite frotter avec un vieux linge sec, et l'enduit devient brillant à l'instant.

Pour donner plus d'éclat à l'enduit, on forme son encaustique avec un kilog. de cire blanche, un kilog. de térébenthine, 100 grammes de cendres gravelées (carbonate de potasse); on l'applique comme la première; il exige plus de frottement.

CHAPITRE XI.

RECETTES DE LA PLUS GRANDE UTILITÉ.

Chasser les mouches d'où l'on veut.

On lave les murailles avec des feuilles de citronnelle bien pilées; les mouches, ne pouvant supporter cette odeur, n'en approcheront pas.

Faire périr les mouches des lieux d'aisance.

On leur fait la préparation suivante, dont elles sont très friandes : faites dissoudre 8 grammes d'extrait de cassis dans une demi-bouteille d'eau bouillante; ajoutez-y une petite quantité de miel ou de sirop, versez ce mélange dans une assiette et mettez-là dans les lieux; ou, mieux encore, mettez dans une assiette du lait, du sucre et du poivre moulu bien fin; elles trouveront une mort prompte aussitôt qu'elles en auront mangé. On peut également allumer du soufre dans une assiette, en ayant soin de fermer toutes les ouvertures afin qu'elles ne puissent sortir. Afin de tout détruire, faites cette opération plusieurs fois.

Moyen de détruire les poux.

N'ayant pu réussir à détruire les poux, avec le peigne, que les enfants ont sur la tête, on aura recours aux subtances huileuses qui bouchent leurs stigmates, ou aux poudres âcres qui les tuent, comme la staphisaigre, la coque du Levant, le tabac, etc. — Quant à ceux qui viennent chez les quadrupèdes, on peut les en débarrasser par les mêmes moyens, ou avec des décoctions de poivre, de cédra d'orpin âcre. Il est plus difficile de les détruire chez les volatilles; mais on y réussira en nétoyant leur poulailler ou colombier, en y brûlant un peu de soufre, après avoir hermétiquement fermé toutes les ouvertures.

On tue les poux également avec ce liniment, dont on se frotte la tête, composé de 30 grammes de vinaigre, d'autant de staphisaigre en poudre, de miel, de soufre et de 60 gr. d'huile ordinaire. — L'huile de laurier détruit les œufs et finit par empêcher leur formation.

Moyen de détruire les rats.

Prenez 125 grammes de mie de pain, 60 gr. de beurre et 30 gr. de mercure cristallisé; mélangez bien toutes ces substances, et faites-en une masse que vous diviserez en petites portions afin de les répandre dans des endroits peuplés de rats ou de souris : ils se laissent prendre d'autant plus aisément à cet appât qu'ils aiment le beurre éperdument, et que le nitrate de mercure est sans odeur.

Moyen de détruire les taupes et les mulots.

Prenez 36 noix bien saines et sèches, faites-les bouillir avec de l'eau de lessive pendant 1/4 d'heure; mêlez les noix avec des vers de terre, et mettez le tout dans les trous des taupes et des mulots, et ils mourront.

Manière de distinguer les bons champignons des mauvais.

Quand on veut préparer des champignons comestibles, il faut prendre la moitié d'un oignon blanc, dépouillé de sa membrane externe; on le met cuire avec les champignons; si la couleur de l'oignon vient brune, noire ou bleuâtre, c'est un signe que parmi ces champignons, il s'en trouve de vénéneux. Si après une ébullition convenable, l'oignon ne change pas de couleur, on n'aura à craindre aucun accident.

Procédé pour teindre les cheveux.

Mêler ensemble 30 grammes de litharge en poudre, 16 gr. de chaux vive, 30 gr. de blanc d'Espagne et 16 gr. de soufre; lorsqu'on veut s'en servir, on en délaye dans une petite quantité d'eau, dont on enduit les cheveux par petites mèches; on laisse agir pendant quelques instants, puis on les nétoye soigneusement. Pour les obtenir d'un très beau noir, on ajoutera 12 décigrammes de nitrate d'argent fondu.

Procédé pour embellir les cheveux, les faire croître et empêcher qu'ils ne tombent.

Faites bouillir 500 grammes de bois de buis vert coupé très fin dans une bouteille d'eau pendant une heure; faites égouter ce liquide et mêlez-le avec une quantité égale de vieux vin, 62 gr. de beaume du Pérou et 31 gr. de teinture de quinquina, mélangé dans un mortier. Matin et soir, frottez-en la tête jusqu'à la peau avec la quantité d'une cuillerée à bouche.

Remède contre les cors aux pieds.

On fait tremper dans de l'acide acétique ou vinaigre distillé une feuille de sureau qu'on coupe de la grandeur du cor; on l'applique dessus avec précaution, et on la laisse pendant 24 heures, en la recouvrant de toile gommée. On répète trois ou quatre fois cette application en changeant la feuille chaque fois; il n'est point un seul cor qui puisse résister à ce remède.

Pour débarrasser un appartement des cousins.

Une heure avant d'aller se coucher, après avoir fermé les fenêtres, mettez une lanterne de verre allumée, et enduite au dehors avec du miel délayé dans du vin ou de l'eau de rose; cette préparation attire les cousins, et ils s'y attrapent de manière à ne pouvoir se débarrasser.

Remède contre la morsure des chiens enragés.

Faites calciner l'écaille de dessus de 3 huîtres, et réduisez là en poudre; battez cette poudre avec 4 œufs, faites une omelette et faites-la manger à la personne qui aura été mordue : on a approuvé ce remède.

Remède contre les maux de dents.

Prenez du poivre pilé et éparpillez-le entre un morceau de toile de la grandeur de quelques mains, mouillez la toile avec de l'eau-de-vie, et placez ensuite cette compresse sur la joue du côté où sont les douleurs.

Lorsque les dents sont creuses, on trempe une plume ou une paille dans l'acide muriatique; on laisse tomber dans le creux de la dent la goutte qui y est suspendue, et aussitôt la douleur se calme; en répétant plusieurs fois l'opération, on finit par l'éteindre complètement.

Encre double luisante.

Prenez 500 grammes de sulfate de fer, 1 kil. 500 gr. de noix de gale pilées, 6 kil. d'eau, 1 kil. de bois de campêche, 31 gr. de gomme arabique, 16 gr. indigo, 1 litre de vinaigre, le tout bouilli pendant 2 heures; pressez et filtrez au papier non collé; mettez ensuite dans des bouteilles, que vous aurez soin de bien boucher, afin d'en conserver le lustre.

Falsification des vins.

Pour reconnaître si les vins sont falsifiés, on emploie la potasse ou l'ammoniac, qui rendent la couleur des vins naturels au vert bouteille ou brunâtre, sans occasionner de précipité; le vin coloré avec les baies d'hièble donne un précipité violâtre; avec le bois d'Inde, rouge violacé; avec le bois de fernambouc et la betterave, rouge; avec les mûres, violâtre; avec le troène, violet, et avec le phytolocca, jaune.

Pour conserver les fruits.

Il faut cueillir les fruits lorsqu'ils ne sont pas tout-à-fait mûrs, on les met ensuite dans un endroit bien chaud pendant quelques jours, afin d'en retirer l'humidité; puis on les met dans une barrique parfaitement close; on y met une couche de son bien sec et une couche de fruits, afin qu'ils ne se touchent pas; et on remplit ainsi le tonneau que l'on doit foncer parfaitement, et puis on le met dans un endroit bien sec. On ne doit pas mettre de fruits qui soient piqués, et cacheter ceux qui ont leur queue.

Remède contre l'ivresse.

Trente-six gouttes d'acétate d'ammoniaque liquide dans un verre d'eau fraîche, suffisent pour rendre la raison à une personne ivre.

Pour transformer le vin en fort vinaigre.

Prenez également de chacun : poivre long, gingembre et tartre brut; pendant huit jours faites macérer dans du fort vinaigre, puis retirez et faites sécher. Mettez ces drogues dans plusieurs petits sacs, et jetez-en un dans le vin : vous aurez en peu de temps du très bon vinaigre.

Pour obtenir du bon vinaigre en peu de temps.

Mettez du bois de hêtre dans du vin, et vous aurez bientôt un excellent vinaigre.

Pour rendre le vinaigre très fort.

Une nuit de forte gelée, mettez le vinaigre dans un vase de grès, et laissez-le dehors à découvert; l'eau que renferme le vinaigre se glace, et le vinaigre reste dans toute sa force.

Pour enlever aux tonneaux l'odeur du moisi.

Pour désinfecter les tonneaux, on se sert de solutions de chlorure de chaux, de potasse ou de soude, ainsi que de chaux vive. On prend pour cela 1 kilog. de chaux dans 24 litres d'eau, remuez le tout dans la barrique, et ayez soin, avant de mettre le vin, de bien rincer et de mécher.

Pour attraper les oiseaux à la main.

Laissez macérer dans un litre d'eau-de-vie quatre litres de blé, joignez-y 20 grammes coque du Levant, remuez bien, et au bout de 20 minutes retirez le blé afin qu'il sèche.

Jetez-en dans les endroits où les oiseaux ont l'habitude de se reposer, et cachez-vous de façon à n'être pas aperçu. Dès qu'ils en auront mangé, ils tomberont et se rouleront par terre. Vous les prendrez, alors, comme vous voudrez.

DES RÈGLES PARTICULIÈRES AUX BAUX A LOYERS.

1754. — Les réparations locatives ou de menu entretien, dont le locataire est tenu, s'il n'y a clause contraire, sont celles désignées comme telles par l'usage des lieux, et entr'autres les réparations à faire aux âtres, contre-cœurs, chambranles et tablettes de cheminées; au récrépiment du bas des murailles des appartements et autres lieux d'habitation, à la hauteur d'un mètre; aux pavés et carreaux des chambres lorsqu'il y en a seulement quelques-uns de cassés; aux vitres, à moins qu'elles ne soient cassées par la grêle ou autres accidents extraordinaires et de force majeure, dont le locataire ne peut être tenu; aux portes, croisées, planches de cloison ou de fermeture de boutiques, gonds, targettes et serrures.

1755. — Aucune des réparations réputées locatives ne sont à la charge des locataires, quand elles ne sont occasionnées que par vétusté ou force majeure.

1756. — Le curement des puits et celui des fosses d'aisance sont à la charge du bailleur, s'il n'y a clause contraire.

FIN.

TABLE.

CHAPITRE VI.

CHAPITRE VII.

CHAPITRE VIII.

CHAPITRE IX.

CHAPITRE X.

CHAPITRE XI.

Toulouse. — Typographie BAYRET, PRADEL et Cie.

www.ingramcontent.com/pod-product-compliance
Ingram Content Group UK Ltd.
Pitfield, Milton Keynes, MK11 3LW, UK
UKHW020951180726
13838UKWH00003B/1256